Mein Kampf gegen Beschneidung

Yacob/Reibsch

Rahima Y.

geboren in Somalia; einen Teil ihrer Kindheit verbrachte sie in Somalia; Flucht mit ihrer Mutter und ihren Geschwistern in den Yemen; aufgrund der dortigen Unruhen erneute Flucht.

Lebt seit 2015 in Mecklenburg-Vorpommern, ist verheiratet und hat 3 Kinder

Carl R.

geboren in Mainz, hat dort seine Kindheit, Jugend und sein Arbeitsleben verbracht.

Lebt seit 2017 in Mecklenburg-Vorpommern, ist verheiratet und hat zwei erwachsene Söhne.
Kennt Rahima seit 2017 und unterstützt beim Erlernen der deutschen Sprache.

Mein Kampf gegen Beschneidung

Vom Leben meiner Mutter in Somalia

Rahima Yacob

Carl Reibsch

Bibliographische Informationen der Deutschen Nationalbibliothek: Die Deutsche Nationalbibliothek verzeichnet diese Publikation in der Deutschen Nationalbibliografie; detaillierte bibliographische Daten sind im Internet abrufbar.

Verlag: BoD. Books on Demand GmbH, In den Tarpen 42, 22848 Norderstedt, bod@bod.de
Druck: Libri Plureos GmbH, Friedensallee 273, 22763 Hamburg

ISBN 9783769377002

Inhaltsverzeichnis

Vorwort

Das Leben ist nicht einfach.
Eine Frau zu sein, ist nicht einfach. Das Leben als Frau, in dem Körper eines Mädchens im Teenager-Alter schon gar nicht.
So jung schon verantwortlich zu sein. So viele Aufgaben, zu viele für dieses Alter. Es gibt keine Jugendzeit.

Kein Recht, das eigene Leben zu wählen und selbst zu bestimmen.

Endlose Schwierigkeiten. Und trotzdem zu denken, es könne noch schlimmer sein. Es gibt keine Entspannung, es geht immer weiter, von einem Problem zum nächsten.

So ist das Leben meiner Mutter

Ich beschreibe ihr Leben so, wie ich es erlebt oder gehört habe. Immer dann, wenn ich keine genauen Informationen hatte, habe ich meine Vorstellungen aufgrund meiner Kenntnisse des somalischen Frauenlebens niedergeschrieben.

Ein unwissendes kleines Mädchen

Ich hatte mit meinen Freundinnen vor unserem Haus gespielt. Wir spielten mit Puppen, die wir selbst gebastelt hatten.

Unsere Puppen hatten wir aus dem Stoff von einem alten Kleid und aus Hölzern, kleinen Ästen, Blättern und getrockneten Gräsern hergestellt. Immer, wenn wir etwas Interessantes in der Natur fanden, zum Beispiel getrocknete Blumen oder farbenfrohe Blätter, schmückten wir damit unsere Puppen. Wir begutachteten gegenseitig unsere Verschönerungsarbeiten und erfreuten uns an unseren Ergebnissen.

Einige meiner Freundinnen waren jünger als ich, ich war gerade 13 Jahre alt geworden.

Irgendwann an diesem Nachmittag stand mein jüngerer Bruder vor der Tür und rief mehrmals meinen Namen. Er sagte mir, dass ich schnell zu Mama gehen soll, sie habe mir etwas ganz Wichtiges zu sagen. Er wirkte so, als ob er das, was meine Mutter mir gleich sagen würde, bereits kannte.

Er tat ganz wichtig, aber ich glaube im Nachhinein nicht, dass er tatsächlich Bescheid wusste.

Vor unserem Haus stand ein großer Baum, der immer Schatten spendete, wenn die Mittagssonne heiß von oben herab brannte. Unter diesem Baum saßen mein Vater und seine drei Brüder, außerdem noch meine zwei älteren Brüder und einige andere Männer, die ich aber nicht kannte.

Ich verabschiedete mich schnell von meinen Freundinnen und ging ins Haus zu meiner Mutter. Ich hatte keine Ahnung, was sie mir Wichtiges sagen würde.

Meine Mutter nahm meine Hand und redete leise und sehr ruhig zu mir. Sie sprach nicht viel, die Worte kamen manchmal stockend, so, als ob sie jedes Wort genau überprüfte, bevor sie es aussprach.

Ich hörte ihre Worte, ich fühlte eine besondere, unbekannte Stimmung während sie sprach. Aber ich verstand nicht, was sie mir sagen wollte. Die Worte kamen in meinen Ohren an, aber der Inhalt fand keinen Weg in meinen Kopf und in mein Herz. Mein Geist und mein Körper blockierten die Botschaft der Mutter. Ich spürte aber, dass sie etwas für mich ganz Entscheidendes gesagt hatte. Ich war aufgewühlt, unruhig, Angst kam in mir auf, aber gleichzeitig auch ein bisschen Stolz.

Meine Mutter verstummte, sie sah mich lange an. Ihr fehlten jetzt weitere Worte. Vielleicht gab es ja auch nichts mehr zu sagen. Sie ließ meine Hand los. Auf mich wirkte sie nachdenklich und traurig. Ein bisschen hilflos.

Jetzt fühlte ich Enge, etwas Bedrückendes war im Raum. Ich wollte nur ganz schnell wieder nach draußen zu meinen Freundinnen und weiter spielen. Ich rannte raus. Aber das Spiel war jetzt anders, ich war unkonzentriert. Die Worte meiner Mutter hallten immer noch in meinen Ohren. Das gemeinsame Spiel glitt an mir vorbei, es machte plötzlich keine Freude mehr. Ich fühlte mich allein gelassen.

Mein Vater, meine Onkel, meine älteren Brüder und die fremden Männer schauten mir aufmerksam zu. Ihre Blicke waren sehr intensiv, fast prüfend.

Sie redeten leise miteinander, ich konnte ihre Worte aufgrund der Entfernung nicht hören. Aber es sah aus, als hätten auch sie etwas ganz Wichtiges zu bereden, abzuwägen, zu entscheiden. Sie klopften sich mehrfach auf die Hände und Schultern, so, als hätten sie eine gute Vereinbarung getroffen.

Ich hatte bei allem, was sich hier bei uns zu Hause abspielte, das Gefühl, dass etwas ganz Besonderes geschehen war, etwas, dass mein Leben total verändern sollte.

Bei uns zu Hause

Wir lebten auf dem Land, am Rand von einem kleinen Dorf. Die nächste größere Stadt war weit von unserem Wohnort entfernt.

Gleich neben uns hatte einer meiner Onkel seine Felder und sein Wohnhaus. Er lebte dort mit seiner Frau und seinen sechs Kindern, zwei Jungs und vier Mädchen. Eine von ihnen war meine beste Freundin.

Mein Vater war Bauer. Er hatte die Felder von seinem Vater geerbt. Er baute zusammen mit meinen zwei älteren Brüdern viel Gemüse und Getreide an: Kartoffeln, Tomaten, Zwiebeln und Mais, Weizen und Hirse. Jedes Jahr wurden auch Wassermelonen gepflanzt und geerntet, außerdem gab es noch Mangos und Papayas.

Unsere Felder waren groß, mittendurch lief ein kleiner Fluss. In der Regenzeit war er voll Wasser und hatte dann eine starke Strömung. Wenn es nicht so viel geregnet hatte und die Sommerzeit kam, dann war das Flussbett häufig leer und wir Kinder liefen dort hin und spielten mit den schönen Steinen, die der Fluss in der Regenzeit mitgebracht hatte. Mit meinem kleinen Bruder kletterte ich gerne die Uferböschungen hoch, das war nicht ganz einfach und wir kamen ordentlich ins Schwitzen. Oben angekommen, rutschten wir dann die Böschung wieder runter und das machte uns ganz viel Spaß.

Wir hatten nicht viele Tiere, nur wenige Schafe, ein paar Ziegen und einen Esel, der für das Tragen von Lasten sehr hilfreich war.

Mein kleiner Bruder, er heißt Moussa, war damals neun Jahre alt, ich war vier Jahre älter. Er und ich kümmerten uns um die Aufsicht und Versorgung der Tiere.

Unser Haus war in der traditionellen Bauweise errichtet, es bestand hauptsächlich aus Hölzern und aus Lehm. Das Grundgerüst bestand aus kleinen Baumstämmen zwischen die dann Äste geflochten waren. Die kleinen Baumstämme waren oben zusammengebunden, so dass Wände und Dach in einander übergingen. Das Ganze wurde von einem dicken Baumstamm gehalten, der in der Mitte des Hauses stand. Mit Stroh und viel Lehm wurden die Löcher im Flechtwerk verschlossen, so entstanden stabile Wände und ein schützendes Dach.

Wir Kinder waren gerne beim Hausbau dabei. Das war ganz spannend, wenn die Männer die Baumstämme für das Grundgerüst aufstellten, ein jedes Holz musste seinen richtigen Platz haben, damit die Konstruktion auch stabil war. Da wurde viel ausprobiert, die Hölzer wurden versetzt und immer wieder ausgetauscht, bis alle mit dem Ergebnis zufrieden waren. Die Männer lachten viel bei der Arbeit und diskutierten Konstruktionsvorschläge. Sie feuerten sich gegenseitig bei der Arbeit an.

Wir Kinder hatten auch viel Spaß, wir durften den Männern beim Hausbau helfen. Mit Lehm und etwas Wasser machten wir einen Lehmbrei und dann durften wir damit die Löcher im Flechtwerk ausfüllen.

So ein Haus bestand nur aus einem Raum, es gab eine Tür und eine kleine Öffnung als Fenster. Und weil ein Raum für unsere Familie zu klein war, hatten wir zwei nebeneinander stehende Häuser. In einem Haus wohnte meine Mutter mit meinem kleinen Bruder und mit mir, in dem anderen Haus wohnten mein Vater und meine großen Brüder. Wenn Übernachtungsbesuch vorbeikam, dann wurde das von Vater bewohnte Haus als Gästehaus hergerichtet.

Aus der Faser, die unter der Rinde der Bäume wächst, machten die Frauen zuerst dünne Stricke und verwebten diese dann zu festen Matten. Das war eine zeitaufwendige Arbeit und es dauerte ganz schön lange, bis so eine Matte fertig war. Dann wurden damit die Schlafstellen in den Häusern ausgelegt, darüber kam noch weiches Schaf- oder Ziegenfell.

Es war ein herrliches Gefühl, mit den nackten Füßen über so eine neu gewebte Matte zu gehen. Das pikste und kitzelte an den Zehen und auf der Fußsohle und jagte mir immer so einen kleinen freudigen Schauer über den Rücken. Meinem kleinen Bruder Moussa ging es genauso, er stolzierte wie ein Storch über die neuen Teile und kicherte und lachte, bis ihm die Tränen kamen.

Gekocht wurde in den Häusern nicht, dafür gab es draußen eine Feuerstelle unter einem leichten Dach aus Ästen und großen Blättern. So hatten die Frauen beim Kochen einen Schutz vor zu viel Sonne und natürlich auch vor Regen. Bei uns kochten immer nur die Frauen, also früher meine Oma und später dann meine Mutter. Ich half oft dabei, manchmal gerne, manchmal etwas widerwillig. Da hätte ich dann doch lieber gespielt, anstatt in den Töpfen herumzurühren.

Meine Familie

Meine Mutter liebte mich sehr, ich war ihr ein und alles. Ich war ihre einzige Tochter.

Meine Mutter hatte eine Gehbehinderung, sie konnte nicht gut laufen und musste sich immer mit den Händen abstützen oder festhalten. Sie war deshalb auch wenig draußen, ihr Bereich war das Haus und natürlich die Kochstelle. Es war so schon für sie recht anstrengend und mühsam, immer wieder diese kurzen Wege gehen zu müssen.

Ich habe meiner Mutter viel bei den Hausarbeiten geholfen, denn das war Frauenarbeit und ich war ja auch ihre einzige Tochter. Wir haben häufig zusammen gekocht, Wäsche gewaschen und geputzt und all die Dinge erledigt, die so im Haushalt anfallen. Da mussten die Betten aufgeschüttelt und gerichtet werden, die Sitzkissen ausgeklopft und das Geschirr und die Kochutensilien gereinigt und an den richtigen Platz gestellt werden.

Meine Mutter war eine gutmütige, ruhige Frau. Wenn sie mich mit ihren dunkelbraunen Augen ansah, konnte ich in ihrem Blick Zustimmung, Lob oder auch Tadel erkennen, ohne dass sie auch nur ein Wort gesagt hatte. Sie war für mich eine gute Lehrmeisterin, ich lernte kochen und weben und natürlich alle sonstigen Hausarbeiten, die im Leben einer somalischen Frau bedeutend sind.

Mutter hatte im Gegensatz zum Vater auch meistens ein offenes Ohr für uns Kinder. Dem Vater durften wir alle nicht widersprechen. Vaters Wort galt, da gab es keine Diskussionen oder gar ein Widersetzen. Wenn wir Kinder etwas anderes erreichen wollten, was nicht so ganz im Sinne von Vaters Regeln war, mussten wir über die Mutter eine Lösung suchen. Sie war eine gute Diplomatin und konnte Vaters Meinung oder Vorgaben manchmal in unserem Sinne verändern. Natürlich klappte das aber auch nicht immer, trotz ihrer sanften und geschickten Bemühungen.

Ich hatte drei Brüder, zwei von ihnen waren schon viel älter als ich, sie waren eigentlich schon erwachsene Männer. Und dann war da noch mein kleiner Bruder Moussa.

Meine Brüder liebten mich auch sehr, alle drei und ich liebte sie auch. Wenn Vater für einige Zeit mal nicht da war, dann sagten mir die zwei Älteren was zu tun war und gaben mir entsprechende Anweisungen. Ich respektierte sie, denn ihr Wort galt anstelle von Vaters Vorgaben. Sie handelten immer in seinem Sinne.
Mein kleiner Bruder Moussa mochte mich sehr, denn ich war diejenige, die am meisten mit ihm spielte und über seine Kaspereien am lautesten lachte.

Vater war ein einfacher Mann. Er war eher ruhig und oft nachdenklich. Er war auch sehr diskret, er redete nicht über andere Leute.

Er redete insgesamt nicht so viel, eigentlich sagte er nur dass, was für ihn von Bedeutung war. Ich habe nicht erlebt, dass er von seinen Gefühlen sprach. Es war ihm auch kaum anzusehen, ob er sich freute oder ob er traurig war. Er hatte eigentlich immer die gleiche ernste Miene.

Ich hatte nicht so viel Kontakt zu ihm. Er war ja auch die meiste Zeit entweder auf dem Feld oder in der Stadt. Er verbrachte mehr Zeit mit meinem ältesten Bruder Adam, der war auch schon 20 Jahre alt. Die zwei standen sich sehr nahe.

Mein Vater ging oft in die Stadt, um Gemüse und Obst zu verkaufen. Aus dem Erlös kaufte er dann die Dinge, die wir in unserem Haushalt brauchten. Dann brachte er Zucker und Mehl und all die Lebensmittel mit, die nicht auf unseren Feldern angebaut werden konnten. Manchmal kaufte er auch Stoffe und Schuhe ein, er hatte einen guten Geschmack und achtete sehr auf Qualität.

Adam begleitete ihn fast immer bei diesen Geschäften. Sie beluden dann den Esel mit der Ernte und Adam half mit beim Tragen.

In der Stadt wohnte auch einer meiner Onkel, der älteste Bruder meines Vaters. Er war Händler und hatte ein eigenes Geschäft für Lebensmittel, Obst, Gemüse, Säfte, Gewürze und Öle. Mein Onkel hatte ein großes Haus, seine Familie war aber auch sehr groß. Früher lebte er mit seiner Frau und seinen zwölf Kindern in dem Haus. Es waren zehn Söhne und zwei Töchter. Mittlerweile waren drei der Kinder verheiratet und hatten auch schon eigene Kinder. Die wohnten jetzt in ihren eigenen Häusern oder Wohnungen.

Fünf Söhne meines Onkels waren Soldaten in der somalischen Nationalarmee.

Mein Vater erzählte manchmal, dass sein Bruder ihm schon öfter den Rat gegeben hatte, er solle meine Brüder auch zur Nationalarmee schicken. Dort hätten sie ein besseres Leben als auf dem Land mit der beschwerlichen Feldarbeit und den zuweilen geringen Ernteerträgen.

Mein Vater hatte aber Angst um seine Söhne und auch meine Mutter wollte sie nicht zur Armee geben. Die Zeiten waren ja auch nicht immer friedlich und es gab manchmal Schießereien zwischen der Armee und fremden Milizen. Zudem gab es immer wieder Grenzstreitigkeiten zwischen Somalia und den Nachbarstaaten. Vor der Kolonisation gab es keine festen Grenzen zwischen Somalia und dem benachbarten Königreich Äthiopien. Immer da, wo überwiegend Somalis lebten, gehörte das Gebiet zu Somalia, so zum Beispiel im Ogaden und in Dschibuti.

Die Kolonialmächte hatten das ganze Gebiet unter sich aufgeteilt. Südsomalia hatten die Italiener als Kolonie genommen, der Norden war von den Briten besetzt worden und in Dschibuti herrschten die Franzosen. Aufgrund einer Vereinbarung von 1949 erlaubten die Briten und die Italiener am 26.06.1960 bzw. am 01.07.1960, dass Somalia unabhängig wurde. Und es wurde eine Grenze zum Nachbarn Äthiopien von den Kolonialmächten fest verankert. Dabei wurde aber nicht ausreichend genug berücksichtigt, welche Volksstämme wo lebten. So wurde der Ogaden, dessen Bevölkerung überwiegend aus Somalis bestand, Äthiopien zugeschlagen.

In Somalia regierte das Militär mit harter Hand, der frühere Präsident war durch einen Putsch gestürzt worden.
Der jetzige Präsident, Muhammad Siad Barre, wollte alle früheren somalischen Gebiete wieder vereinen. Sein Traum war ein großes Somalia. Hinzu kam noch, dass das Gebiet des früheren Somalia zum ostmanischen Reich gehört hatte und deshalb muslimisch geprägt war. Äthiopien bekannte sich zum Christentum, es herrschte ein Kaiser aber auch dort konnte das Volk kaum Einfluss auf die politischen Handlungen nehmen.
So standen sich zwei Machthaber gegenüber, von denen keiner auch nur einen kleinen Schritt nachgeben wollte. Jeder fühlte sich stark und im Recht und der Wille des Volkes interessierte weder den einen noch den anderen. Verhandeln und friedliche Lösungen für die Grenzstreitigkeiten zu suchen, kam anscheinend keinem in den Sinn. Viel mehr wollte man mit Soldaten und Waffen eine Gebietsänderung erzwingen.

So kam es 1978 zu einem Krieg zwischen Somalia und Äthiopien. Somalische Soldaten drangen in Äthiopien ein, als Grund wurde angegeben, die Landsleute im Ogaden zu unterstützen und ihnen zu helfen, wieder in einem somalischen Staat leben zu können. Und es gab viele Menschen im Ogaden, die nicht unter äthiopischer Herrschaft leben wollten.

Aber der Vormarsch kam nach blutigen Gefechten zum Stillstand und als die Sowjetunion und Kuba Äthiopien zur Hilfe kamen, wurden die somalischen Soldaten zurückgedrängt. Der Traum des Präsidenten von einem großen Somalia war geplatzt.

Und weil bereits viele Soldaten bei diesen Kämpfen gefallen waren, lehnte mein Vater es rigoros ab, dass meine Brüder zur Armee gingen.

Damals, als mein Bruder Adam sechs Jahre alt war, wurde er in die Stadt geschickt, um in die Schule zu gehen. Während dieser Zeit lebte er im Haus unseres Onkels. Adam gefiel das gut, für ihn nahm der Onkel die Stelle des Vaters ein. Unser Onkel mochte Adam auch sehr, er nahm ihn in seinem Haus auf, wie einen eigenen Sohn.

Nach dem Abschluss der Hauptschule kam Adam wieder zurück zu uns nach Hause. Als ältester Sohn fühlte er sich verpflichtet, dem Vater bei den Arbeiten auf dem Feld und beim Transport und Verkauf der Ernte zu helfen. Zudem wusste er auch, dass der Vater bei der täglichen Arbeit Hilfe brauchte. Und der Vater erwartete auch, dass der Sohn zur Mitarbeit zurückkehren würde.
Adam hätte viel lieber seine Schulzeit fortgesetzt, er war wissbegierig und wollte immer weiter und viel Neues lernen.

Sein großer Traum aber war die Armee. Die Soldaten in ihren schicken Uniformen hatten großes Ansehen in der Bevölkerung. Das gefiel ihm. Bei der Armee gab es zudem einen guten Verdienst und die Soldaten bekamen Wohnungen gestellt. Häufig wurde man auch zu Ausbildungslehrgängen oder zu Trainingseinheiten in andere Länder, zum Beispiel in die Sowjetunion, abkommandiert. Adam war sehr an anderen Menschen und Kulturen interessiert, ein Auslandsaufenthalt oder auch das Kennenlernen der anderen Landesteile von Somalia hätten ihm sicherlich gut gefallen.

Adam war ein großer Optimist, er versuchte die Dinge immer von ihrer positiven Seite aus zu sehen und so hoffte und träumte er weiter von einem Leben bei der Armee. Aber aus Respekt vor seinem Vater und seiner Mutter wagte Adam nicht zu widersprechen und fügte sich in das Landleben und in die Arbeit als Bauer.

Der Onkel versuchte trotzdem immer wieder, den Vater von den Vorzügen der Armee zu überzeugen, damit Adam seinen Traum vielleicht umsetzten konnte.

Mein anderer großer Bruder hieß Ali. Er war damals 17 Jahre alt, fast schon 18. Er war immer gut gelaunt und lustig, mit seinem offenen Lachen kam er gut bei den Menschen an.

Ali liebte die Arbeit als Bauer, er konnte pflügen, säen und bewässern. Er kümmerte sich um die Anpflanzungen und beaufsichtigte die Erntehelfer beim Einbringen der reifen Früchte.
Ali war handwerklich geschickt und mit seiner Arbeit sehr zufrieden. Das Leben auf den Feldern und auf dem Land, fern ab von der großen Stadt, reichte ihm völlig aus. Er wollte nicht reisen und eigentlich auch keine neuen Dinge kennenlernen.

Mein Vater vertraute seinen Fähigkeiten und ließ ihn viele Verrichtungen alleine machen.

Ali konnte sich ein Leben als eigener Bauer gut vorstellen. So hielt er auch schon manchmal Ausschau nach einem geeigneten Mädchen, das er dann heiraten wollte. Er ließ die wenigen Gelegenheiten fast nie aus, um junge Mädchen sehen zu können. So nahm er immer an den Feiern zum Ende des Ramadan teil und auch die Hochzeitsfeiern anderer junger Männer besuchte er häufig.
Aber um heiraten zu können, muss man eine Mitgift an die Familie der Braut zahlen.

Als Mitgift wurden in der Regel Tiere gegeben, also Kamele, Schafe, Ziegen, Rinder oder Pferde. Über die Höhe und die Art der Mitgift wurde zwischen der Familie der Braut und der Familie des Bräutigams verhandelt. Und so eine Verhandlung konnte sich ganz schön lange hinziehen, bis man eine Einigung gefunden hatte.

Da unser Vater nicht so viele Nutztiere hatte, wusste Ali, dass er nicht so bald heiraten konnte. Zudem sagte unser Vater, dass Ali für eine Ehe noch viel zu jung sei. Außerdem sollte er nicht vor seinem großen Bruder Adam heiraten. Und überhaupt, sagte Vater, dass ein Mann erst dann heiraten sollte, wenn er mindestens 30 Jahre alt wäre. Dann hätte er genug Verantwortungsgefühl zum Führen einer Familie und er könne sich entsprechend um seine Frau und die Kinder kümmern und sie ernähren.

Wo alles begann

An diesem Tag änderte sich alles für mich. Bisher lebte ich in meiner Familie mit Vater, Mutter und meinen Brüdern. Ich war hier glücklich. Ich wollte mein Leben nicht verändern oder gegen ein anderes eintauschen.

Ich erinnerte mich an diesen Tag, als ob sich alles erst gestern ereignet hätte.

Ich konnte nicht mehr mit meinen Freundinnen weiterspielen. Es schwirrten zu viele Gedanken in meinem Kopf herum. Das gemeinsame Spiel war für mich mit einem mal so bedeutungslos und ohne Freude.

Ich ging zu den Frauen, die mit ihren Männern zu uns zu Besuch gekommen waren und die jetzt das Essen vorbereiteten. Ich wollte helfen, aber sie waren mit ihren Arbeiten bereits fast fertig und es gab für mich hier nichts mehr zu tun. Ich stand etwas unschlüssig herum, den Kopf voller Gedanken.
Ich gab mir einen Ruck, ging zurück zu unserem Haus und setzte mich vor die Haustür, abseits von allen anderen.

Ich beobachtete alles, was um mich herum geschah. Ich fühlte mich wie in einer anderen Welt, fremd, ohne einen eigenen Platz, obwohl ich doch hier zu Hause war.

Ich hatte ganz viele Fragen im Kopf, aber ich wusste nicht, wem ich diese Fragen hätte stellen können und dürfen. Wer würde mir Antworten geben und gab es überhaupt ausreichende Antworten auf meine vielen Fragen?
Ich sah, wie meine Brüder und die anderen Jungs den Männern, die immer noch unter dem Baum saßen, das Essen servierten.

Ich schaute den Männern aus der Entfernung beim Essen zu und ich fragte mich, ob ich sie einfach ansprechen konnte. Ob sie mir sagen würden, warum sie alle hier zusammen gekommen waren. Warum sie mich so aufmerksam betrachtet hatten. Und worüber sie so lange miteinander geredet hatten. Ob sie einen Handel abgeschlossen hatten.

Als die Männer mit dem Essen fertig waren, setzten sie ihre Diskussion fort. Sie redeten lebhaft miteinander. Ich beobachtete den fröhlichen Ausdruck in ihren Gesichtern, ich sah häufig ein Lächeln auf ihren Lippen. Sie wirkten glücklich und zufrieden.

Wovon sie sprachen, konnte ich aufgrund der Entfernung nicht verstehen, aber ich hatte das Gefühl, dass es um mich ging.

Ich saß immer noch vor der Haustür und starrte weiterhin in Richtung des Baumes.
Mit einem Mal kam Bewegung in die Männergruppe. Ich konnte beobachten, wie alle Männer aufstanden und mein Vater und unsere männlichen Verwandten die anderen fremden Männer verabschiedeten.
Mein Vater, meine Onkel, meine Brüder und einige meiner Cousins blieben noch zusammen, sie setzten sich wieder hin und redeten weiter miteinander, allerdings jetzt etwas weniger lebhaft als zuvor.

Plötzlich stand mein Vater auf und kam auf mich zu. Alle anderen starrten auf mich, als ob etwas Besonderes geschehen würde.

In diesem Moment wusste ich nicht, was ich tun sollte oder konnte. Ob ich aufstehen sollte, um wegzugehen oder ob ich bleiben und ihm zuhören sollte. Ich konnte mich nicht entscheiden und mich auch nicht bewegen, als er so plötzlich auf mich zukam. Ich war wie gelähmt. Ich hätte mir in diesem Moment gewünscht, dass die Erde sich öffnen würde und ich hineinspringen und verschwinden könnte.

So sehr hatte ich Angst vor dem, was er mir sagen und von mir verlangen würde.

Ich schaute nach unten, um meine Angst zu verbergen. Ich war total aufgeregt. Ich nahm ein Stück Holz, dass neben meinen Füßen auf dem Boden gelegen hatte, fest in die Hand und kritzelte damit etwas in den Sand. Ich spürte das Holz und den Kontakt zur Erde, das lenkte mich etwas von meinen ängstlichen Gedanken ab.

Mein Vater näherte sich mir jetzt ganz langsam. Er schaute mich dabei ganz intensiv an, als ob er meine Gedanken und meine Reaktionen ergründen wollte.
Dann stand er direkt vor mir. Ich schaute auf seine Füße, mein Blick wanderte hoch zu seinem Kopf. Zunächst ängstlich, aber mit einem Mal spürte ich Kraft und Mut in mir. Vielleicht waren es ja auch nur die Angst und die Verzweiflung, die mich mutig machten.
Jetzt wollte ich ihn ansehen, ihm ins Gesicht und in seine Augen schauen.

Er lächelte mich an. Er berührte sanft meinen Kopf und streichelte mir zweimal über das Haar. Ohne auch nur ein Wort zu sagen, drückte er die Haustür auf und ging ins Haus. Meine Mutter war ja bereits viel früher ins Haus gegangen und jetzt ging er hinein, vielleicht, um mit ihr zu reden. Bestimmt wartete sie bereits darauf von ihm zu erfahren, was mit den fremden Männern konkret beratschlagt und vereinbart worden war.

Ich war immer noch in großer Unruhe, besorgt und verwirrt. Ich näherte mich vorsichtig der Tür und machte ganz große Ohren, um zu hören, was mein Vater meiner Mutter berichtete. Sie sprachen ganz leise miteinander und so sehr ich mich auch anstrengte, konnte ich lediglich ein paar Wortfetzen erhaschen. Ich verstand aber den Zusammenhang nicht.

Dann wurde es drinnen lauter. Plötzlich hörte ich die Stimme meiner Mutter ganz deutlich. Sie sagte: „Nein, nein, das hast Du nicht getan! Du kennst meine Meinung zu diesem Thema".

Ich näherte mich vorsichtig noch etwas mehr der Tür, um besser hören zu können. Die Antwort, die mein Vater darauf hin meiner Mutter gab, konnte ich aber trotzdem nicht verstehen, denn er sprach noch leiser als zuvor.
Nach einem Moment der Stille hörte ich, wie mein Vater aufstand. Ich hörte die Geräusche seiner Füße, er ging schlurfend durch den Raum und kam auf die Haustür zu. Ich beeilte mich, ein wenig von der Tür wegzukommen und so zu tun, als ob ich nichts gehört hätte.

Mein Vater kam aus dem Haus und ging wortlos an mir vorbei. Ich schaute zu ihm hoch, aber er hatte keinen Blick für mich. Er setzte sich wieder zu seinen Brüdern unter den Baum.

Ich sprang jetzt auf und eilte zu meiner Mutter ins Haus. Ich sah gerade noch, wie sie sich die Tränen aus den Augen wischte.
Ich fragte sie: „ Was ist los? Was ist passiert?"
Mutter antwortete mir erst nach einem Moment des Schweigens. Sie sagte: „ Ich hatte mich schon darauf vorbereitet, einen von euch zu verlieren, aber nicht gleich zwei."

Noch immer verstand ich nicht, um was es ging. Mir fehlten die Zusammenhänge und weitere Erklärungen, die das für mich etwas verständlicher gemacht hätten.
Meine Mutter zog mich neben sich auf die Matte, nahm meine Hand und begann dann, mir alles zu erzählen. Im Gegensatz zu unserem ersten Gespräch war ich jetzt aufmerksam und konzentriert. Ohne mich zu bewegen, hörte ich mit großen Ohren zu.
Mutter sprach in einem ruhigen Ton, mir schien, sie hatte ihre Worte gut bedacht. Zwischen den einzelnen Sätzen machte sie Pausen, als

wolle sie sicher sein, dass ich auch alles verstand.

Sie sagte, heute sei ein großer Tag für mich und für unsere ganze Familie. Die fremden Gäste wären wegen mir gekommen, um Vater und sie um meine Hand zu bitten.

Die Gäste, das war Ismaels Familie, die in einem kleinen Dorf neben unserem wohnte. Der Sohn von Ismael hieß Said, er wäre 25 Jahre alt und von Beruf Lehrer. Er unterrichtete Arabisch und lehrte den Koran in seinem kleinen Dorf. Er wäre ein guter Mensch, gebildet und sehr gläubig.
Ich unterbrach sie und sagte, dass sie eigentlich nichts über Said wüsste. Sie kannte doch nur, was seine Familie über ihn erzählt hatte. Sie könnte deshalb nicht beurteilen, ob er ein guter Mensch wäre.

Meine Mutter ging auf meinen Einwand ein. Sie antwortete mir, dass weder sie noch Vater den jungen Mann akzeptieren könnten, wenn sie nicht genug über ihn wissen würden und nicht in der Lage wären, ihn selbst zu beurteilen.
Sie sagte: „ Du kennst doch deinen Vater gut genug, um zu wissen, dass er seine Tochter nicht an irgendjemanden geben würde. Dein Vater und ich wollen nur dein Glück und jetzt oder später musst du jemanden heiraten.
Was meinst du dazu, meine Tochter?"

Ich konnte keine klaren Gedanken fassen. Ich wusste nicht, was ich meiner Mutter hätte antworten können. Ich fühlte eine Enge in mir, etwas drückte von allen Seiten auf mich ein. Bestimmt meinten Mutter und Vater es gut mit mir und dachten an meine Zukunft. Aber ich war erst 13 Jahre alt und noch nicht bereit, zu heiraten.

Widerstand kam in mir auf. Und Mut.
Ich sagte meiner Mutter, dass ich jetzt noch nicht verheiratet werden

wollte. Ich fühlte mich in meiner Familie zu Hause, ich war zufrieden, vielleicht sogar glücklich. Ich wollte mein Leben nicht ändern und woanders mit Menschen leben, von denen ich überhaupt nichts wusste und die ich bisher noch nie gesehen hatte. Deren Leben ich nicht kannte.

„Ich will dich nicht verlassen und woanders leben. Ich will nur neben dir leben", brach es aus mir heraus.

Mutter antwortete mir, dass ich Gott danken sollte. Es gäbe viele andere junge Mädchen, die mit reichen, alten Männern verheiratet wurden. Als Zweit-, Dritt- oder gar Viert-Frau, denn diese Männer waren alle bereits verheiratet (in Somalia konnte ein Mann, wenn er reich genug war, bis zu vier Ehefrauen haben).
Sie kannte nur eine oder zwei Frauen, die wie ich das Glück hatten, einen jungen Mann zu heiraten.

„Warum hattest du denn Tränen in den Augen, als Vater aus dem Haus ging, wenn du dich doch für mich freust?" fragte ich spontan.

Mutter hörte auf zu reden und machte eine Pause. Sie musste über meine Frage nachdenken und die richtigen Worte für ihre Antwort finden. Ihre innerliche Aufregung war zwar äußerlich nicht zu sehen, aber ich konnte sie deutlich spüren.

„Dein Onkel hat deinen Vater endlich davon überzeugt, dass Adam einen eigenen Weg finden und gehen muss".

Sie erzählte weiter, dass sie von Vater erfahren hatte, dass Adam in ein paar Wochen zu den Soldaten gehen würde. Jetzt müsste er erstmal mit dem Onkel in die Stadt gehen, um sich bei der Armee anzumelden. Anschließend würde er noch einen Tauglichkeitstest machen und dann wäre er Soldat bei der Nationalarmee.
Wir alle würden Adam vielleicht jahrelang nicht sehen. Zuerst käme

eine militärische Grundausbildung auf ihn zu und dann würde er irgendwo im Land stationiert werden. Dort, wo die Armee ihn hinschicken würde.

„Er wird als Soldat irgendwo in Somalia oder vielleicht sogar im Ausland leben. Ich denke, dass ich seine Kinder nicht sehen werde. Ich fürchte, dass er keine Zeit mehr für uns haben wird. Wir werden uns aus den Augen verlieren und uns fremd werden. Ich würde so gerne für Adam eine Frau auswählen und für sie ein Haus neben unserem bauen lassen. Dann könnte ich sehen, wie ihre Kinder neben mir aufwachsen würden."

Ich sagte ihr, vielleicht sollte sie ihren großen Sohn bitten, doch hier bei uns zu bleiben. Adam würde ihren Wunsch niemals ablehnen.

Sie antwortete mir, obwohl sie Adam gerne bei der Familie behalten wollte, wusste sie, dass er schon immer von der Armee geträumt hatte. Er hatte aber bisher immer den Wunsch seines Vaters und seiner Mutter respektiert und war deshalb auch nach der Schulzeit aus der Stadt zurück nach Hause gekommen. Jetzt hatte der Vater auf Drängen des Onkels anders entschieden und sie als Mutter könnte ihn nicht mehr daran hindern, sich seinen Traum vom Soldatenleben zu erfüllen.

Ich hörte meiner Mutter gespannt zu. Viele Gedanken schossen mir durch den Kopf. Ich verglich meine Situation mit der meines Bruders. Tränen stiegen mir in die Augen, Zorn kam in mir auf.

Ganz plötzlich brachen Worte aus mir heraus, die Sätze strömten wie eine Sturzflut aus meinem Mund. Meine Stimme wurde laut und überschlug sich manchmal.

„Du bist traurig über deinen Sohn, der sich seinen Lebenstraum erfüllen darf. Aber du freust dich, dass ich meinen Wunsch, so zu leben, wie ich es jetzt will, zerstören muss. Keiner hat mich nach meinen Träumen gefragt.

Oder ist dir das egal?

Keiner hat mich gefragt, was ich mir wünsche und welche Pläne ich für mein Leben habe. Ich würde auch gerne in die Schule gehen und vielleicht dann studieren.

Aber ihr habt, ohne mich zu fragen, bereits zu allem „nein" gesagt, weil ich ein Mädchen bin. Und weil ich nicht alleine in die fremde Stadt gehen sollte. Jetzt entschließt ihr euch, mich zu verheiraten, ohne meine Gedanken und Wünsche zu kennen und mich nach meiner Meinung zu allem zu befragen. Ohne mich zu fragen, was ich von einem Mann halte, von dem ich nichts weiß und der 12 Jahre älter als ich ist.

Ich habe immer alles getan, um dich, den Vater und meine Brüder zufrieden zu stellen. Ich war immer gehorsam. Ich habe alles gemacht, was du wolltest. Ich habe deine Wünsche und Entscheidungen immer akzeptiert. Ich habe alles getan, was von mir gefordert wurde, ohne Fragen zu stellen. Warum willst du mich jetzt loswerden? Hast du genug von mir? Ist dir egal was ich denke und wie ich fühle?

Oder liebst du mich nicht mehr? Vielleicht hast du mich ja noch nie so geliebt, so wie ich dich geliebt habe? Sag mir, was los ist. Ich kann das alles nicht verstehen.

Wenn du mich nicht mehr im Haus haben willst, sag es mir. Ich werde dann weggehen und einen Ort finden, an dem ich leben kann.

Aber ich werde nicht zustimmen, jemanden zu heiraten, den ich nicht kenne!"

Meine Mutter war schockiert. Sie saß zusammengesunken neben mir, den Kopf in die Hände gestützt.

Ich fühlte mich wie ausgebrannt, leer. So endlos traurig und allein.

Es war ganz still im Raum.

Nach einiger Zeit fand meine Mutter ihre Fassung wieder. Sie sah mich nicht an, sie schaute in den Raum. Dann antwortete sie mir, dass ich die Heirat nicht mehr ablehnen könnte, dazu sei es jetzt zu spät. Vater hätte bereits sein Wort gegeben und weder sie noch ich könnten daran etwas ändern.

Ich warf mich weinend auf die Knie.
„Wenn du noch Liebe für mich empfindest, wenn ich noch deine Tochter bin, dann tu bitte etwas für mich" schluchzte ich.

Mutter nahm mich hoch, umarmte mich und drückte mich fest und lange an sich. Sie versprach mir zu tun, was möglich wäre. Sie würde nochmal mit Vater reden.

Erleichtert nach der Antwort meiner Mutter konnte ich aufhören zu weinen. Zuversicht kam in mir auf. Ich war voller Hoffnung, dass es eine gute Lösung für mich geben würde. Ich wusste aber auch, dass mein Vater seine Entscheidung nicht leicht ändern konnte und wollte.

Nachdem Adam ein paar Tage später zu dem Onkel in die Stadt gegangen war, sprach meine Mutter mit meinem Vater über mich.
Ich wartete voller Ungeduld und in großer Unruhe auf die Antwort meines Vaters, die er Mutter geben würde. Konnte Mutter etwas für mich erreichen in diesem Gespräch?

Mutter berichtete mir dann, dass sie alles getan hatte, um meinen Vater davon zu überzeugen, dass ich noch zu jung für eine Heirat wäre.

Ich bräuchte noch etwas Zeit, um erwachsener und reifer zu werden. In dieser Zeit könnte sie mir auch alles beibringen und erklären, was ein junges Mädchen wissen müsste, um eine Frau zu sein und eine Familie entsprechend den geltenden Regeln führen zu können.

Außerdem wäre die Heiratsentscheidung ganz plötzlich ohne jegliche Vorankündigung gekommen und es bräuchte Zeit, die Tochter mental darauf vorzubereiten.

Mutter sagt mir aber auch, dass die vereinbarte Heirat nicht mehr verhindert werden konnte. Vater hatte alle Verabredungen bereits akzeptiert und meine Hand Ismaels Familie versprochen.

Sie konnte aber in dem Gespräch erreichen, dass Vater einwilligte, zu Ismaels Familie zu gehen und dort versuchen würde, mehr Zeit für die Vorbereitungen der Hochzeit auszuhandeln.

„Wenn er zurückkommt, wird er uns mitteilen, wie Ismaels Familie reagiert hat und welchen Aufschub er vereinbaren konnte".

Mein Bruder Adam war ein paar Tage zuvor in die Stadt gegangen, um sich bei der Armee anzumelden und um seine Tauglichkeit prüfen zu lassen. Nach dem Test wollte er zu uns zurückkommen, um sich vor Beginn seiner militärischen Ausbildung noch von seiner Familie ausgiebig verabschieden zu können.

Aber es kam doch anders.
Einer meiner Cousins war bereits schon länger bei der Armee, er half Adam beim Ausfüllen der Anmeldeformulare und gab ihm wichtige Tipps für das Anwerbegespräch. So konnte Adam die erforderlichen Unterlagen sehr zügig einreichen und damit konnte er die Tests schneller machen als ursprünglich geplant.

Und natürlich bestand er alle gestellten Aufgaben und Prüfungen und auch das Anwerbegespräch verlief erfolgreich.

Dann ging alles ganz schnell.

Adam wurde einer Gruppe junger Rekruten zugeteilt und gleich ins Ausbildungslager, weit weg von der Stadt und von unserem Wohnort abkommandiert. Dort sollte er bereits am übernächsten Tag eintreffen. Es gab vorher für ihn noch einiges in der Stadt zu erledigen und so konnte er nicht mehr nach Hause kommen, um sich richtig zu verabschieden.

Alle waren sehr traurig darüber, am traurigsten aber war sicherlich Adam. Gleichzeit freute er aber auch auf die Soldatenzeit.

Vater und Mutter waren auch sehr traurig, Vater hat das nicht so gezeigt, während man Mutter deutlich ansehen konnte, wie schwer ihr die fehlende Verabschiedung fiel. Gerne hätte sie Adam ein kleines Andenken mitgegeben, aber so konnte sie ihm nur ihre Gedanken und ihre Wünsche für sein Wohlergehen hinterherschicken.

Natürlich war ich auch traurig darüber, dass Adam jetzt nicht mehr bei uns war, er fehlte auch mir ein bisschen. Aber ich war in meinen Gedanken mehr mit mir und meiner Zukunft beschäftigt:

Wann wird Vater zu Ismaels Familie gehen und mit ihnen reden?

Ich wagte ihn nicht zu fragen, denn auch ihn belastete es sehr, dass Adam nicht mehr im Hause war und bei den Arbeiten auf dem Feld fehlte.

Am nächsten Tag beschloss mein Vater in die Stadt zu gehen, um sich noch einmal mit Adam vor dessen Abreise ins Ausbildungslager zu treffen und um sich von ihm zu verabschieden.

Auf seinem Rückweg ging er dann in das kleine Dorf, um Said und dessen Vater Ismael zu treffen. Er wollte mit ihnen über das genaue Hochzeitsdatum verhandeln.

Meine Mutter und ich saßen vor unserem Haus, als Vater von seinem langen Weg zurückkam.

Er erzählte uns zuerst von seinem Treffen mit Adam in der Kaserne.

Dann berichtete er von seinem Gespräch mit dem zukünftigen Ehemann und dessen Vater. Es ginge beiden gut und Said hatte sich bereit erklärt, mit der Heirat noch etwas zu warten. Sie waren auf seine Argumente eingegangen Dann hatten sie sich darauf geeinigt, dass der Termin der Heirat um eineinhalb Jahre vom ursprünglich geplanten Datum verschoben werden sollte.

Meine Mutter war mit der Verhandlung und der Entscheidung der Männer zufrieden, aber ich war nicht zufrieden. Allerdings wurden meine großen Sorgen ein wenig kleiner. Ich hoffte insgeheim darauf, dass meine Eltern während der ausgehandelten Wartezeit ihre Meinung zur Heirat vielleicht doch noch ändern würden.

Ich wollte optimistisch sein und dachte mir, dass das jetzt Vereinbarte besser war, als nichts. Meine Situation hatte sich auf jeden Fall, im Gegensatz von vorher, etwas verbessert.

Vielleicht würde die Zeit mir helfen und mir meine Sorgen und Ängste nehmen können.
Vielleicht?

Ganz schwere Zeiten

In den nächsten Wochen stand ich unter den Fittichen meiner Mutter. Sie zeigte mir viele für einen Haushalt wichtige Dinge, die ich noch nicht kannte oder die ich noch nicht richtig ausführen konnte. Ich durfte nicht mehr nach draußen zum Spielen.

Mutter sagte, dass ich jetzt ein großes Mädchen sein müsste, fast eine junge Frau Von nun an sollte ich mich entsprechend ankleiden und nicht mehr spielen und Spaß haben, wie ein kleines Mädchen.

Draußen spielen war vorbei, ich blieb jetzt den ganzen Tag im Haus bei meiner Mutter.

Mein kleiner Bruder Moussa musste jetzt unsere Tiere alleine hüten und auf sie aufpassen. Vorher hatten wir das meistens zusammen gemacht.

Eines Tages ging Moussa wie gewöhnlich morgens früh mit den Schafen und Ziegen zu den Weideflächen.

Mein anderer Bruder Ali ging etwas später aus dem Haus, er musste sich um die Felder kümmern. Der Boden musste gehackt und einige Pflanzen mussten bewässert werden.

Während er so bei seiner Arbeit war, sah er auf einmal, dass die Schafe und die Ziegen in der Ferne verstreut waren. Die Tiere liefen in verschiedene Richtungen rum. Das war ungewöhnlich, denn eigentlich sollte Moussa die Tiere beim Weiden zu deren Schutz zusammenhalten.

Auch sah Ali den kleinen Moussa nicht, er rief mehrmals seinen Namen, bekam aber keine Antwort. Er dachte deshalb zunächst, dass Moussa schon weit weg sein musste und deshalb seine Stimme nicht hören konnte.

Die Situation beunruhigte ihn. So beschloss er, seine Feldarbeit zu unterbrechen und in Richtung der verstreuten Tiere zu gehen. Er suchte intensiv die Gegend ab und rief immer wieder nach Moussa.

Nach langem Suchen sah er seinen kleinen Bruder am Boden liegen und ihn mit den Händen heranwinken.

Ali lief schnell zu ihm und sah, dass etwas Moussa in den Fuß gebissen hatte. An dem Bissabdruck konnte er erkennen, dass es eine Schlange gewesen sein musste. Welche Art von Schlange da zugebissen hatte, konnte er erstmal nicht erkennen. War es eine gefährliche, giftige oder eher eine harmlose Schlange gewesen? Er suchte deshalb die nähere Umgebung ab, konnte aber das Reptil nicht finden.

Moussa stand unter Schock, er konnte nicht sprechen und keine Antwort geben. Ali sah, dass sein kleiner Bruder große Schmerzen hatte.

Deshalb beschloss er, alles stehen und liegen zu lassen und den kleinen Bruder sofort nach Haus zu tragen, damit er dort mit den Hausmitteln versorgt werden konnte.

Vater war nicht zu Hause, er war irgendwo sicherlich geschäftlich unterwegs, als Ali mit Moussa ankam. Das war sehr schade, denn er hatte die meisten Erfahrungen mit Verletzungen und Bisswunden. Nur meine Mutter und ich waren zu Hause.

Ich nahm meinen kleinen Bruder und legte ihn auf seinen Schlafplatz. Mutter verband seinen Fuß fest mit einem Tuch. Sie versuchte, mit Moussa zu sprechen, aber sie konnte ihn nicht erreichen. Es schien, als ob er ihre Worte und Fragen nicht hörte. Seine Augen waren halb geschlossen, manchmal wimmerte er ganz leise.

Ali konnte das alles kaum ertragen. Er war ganz traurig, er wollte helfen, wusste aber nicht wie.

Mutter ging es eigentlich genauso. Auch sie wusste nicht, was sie für Moussa tun konnte, um ihm Linderung zu verschaffen.

Erstaunt, ängstlich und weinend zugleich wusste Mutter auch nicht, was sie mit mir machen sollte. Ich stand an der Seite meines kleinen Bruders wie ein Roboter, ich konnte nichts sagen und auch nichts machen, schockiert und wie gelähmt von dem, was hier passiert war.

Ali war dann der erste, der aktiv wurde. Er sagte, er werde Moussa in das kleine Dorf neben uns tragen, denn dort gab es jemanden mit medizinischen Grundkenntnissen. Dort würde er nach Hilfe fragen.

Mutter trug mir auf, nach Vater zu suchen. Er wäre bestimmt bei einem meiner Onkel oder bei einem seiner anderen Geschäftspartnern zu finden. Ich sollte ihn über das, was bei uns geschehen war, informieren.

Zwischenzeitlich machte sich Ali mit Moussa auf den Weg in das Nachbardorf. Unterwegs ging der Atem des kleinen Bruders immer langsamer und kam manchmal nur noch stoßweise.
Als Ali endlich das Dorf erreicht hatte, atmete Moussa nicht mehr.

Unser kleiner Bruder war tot.

Während das alles geschah, suchte ich an allen Orten, von denen ich dachte, ich könnte Vater dort finden. Aber meine Suche war erfolglos, ich fand ihn nirgends. Und weil die verschiedenen Orte, die ich aufsuchte, weit voneinander entfernt lagen, dauerte es recht lange, bis ich mich zurück auf den Heimweg machen konnte.

Es war schon spät geworden und ich war müde von der Suche nach meinem Vater. Ich musste immer zu an Moussa denken, wie es ihm wohl ginge? Ich hoffte, dass ihm im Dorf geholfen werden konnte und dass er wieder gesund werden würde.

Als ich endlich zu unserem Haus zurückkam, hörte ich, wie meine Mutter laut weinte. Ich ging ins Haus und sah, dass mein Vater und Ali schon zu Hause waren. Beide standen neben Mutter. Moussa konnte ich nirgends entdecken. Ich stand erst etwas unschlüssig in der Tür und blickte im Raum herum. Dabei bemerkte ich eine große Traurigkeit in den Gesichtern von Vater, von Mutter und von Ali. Ich traute mich erst nicht nach Moussa zu fragen, denn ich hatte Angst vor einer schlimmen Nachricht. Doch dann nahm ich meinen Mut zusammen und fragte in den Raum hinein, wo Moussa wäre.

Vor lauter Weinen konnte meine Mutter mir keine Antwort geben. Auch Vater antwortete nicht, er saß stumm, in sich gekehrt, auf seinem Sitzkissen.

Traurigkeit und Stille.

Ich schaute weiter fragend im Raum herum. Meine Blicke flehten nach einer Antwort, aber niemand sah mich an. Es schien eine Ewigkeit zu dauern, bis Ali mir antwortete. Er berichtete mir, dass Moussa bereits unterwegs gestorben war, bevor er mit ihm das Nachbardorf erreicht hatte.
Kurz darauf hatte er Vater unterwegs getroffen und sie hatten Moussa zur Moschee des Dorfes getragen und dort zurückgelassen. Dort sollte dann die Beerdigung vorbereitet werden. Der Leichnam musste gewaschen werden und die Nase und die Ohren würden anschließend mit Baumwolle verschlossen werden. Danach musste der Körper in ein weißes Tuch gehüllt werden.
Da unser kleiner Bruder noch sehr jung war, beschloss mein Vater, dass nur eine kleine Beerdigung im engen Kreis der Familie abgehalten werden sollte.
Unser großer Bruder Adam sollte vorerst nicht über den Tod von Moussa informiert werden, um ihn nicht zu Beginn seiner militärischen Ausbildung zu beunruhigen.

Nach der Beerdigung von Moussa fühlte sich mein Vater gesundheitlich nicht gut. Er war immer müde und kraftlos.
Er war krank, er wollte aber weder zu einem Arzt gehen noch sich im Krankenhaus in der Stadt untersuchen lassen.
In seinem Gesicht konnten alle sehen, dass er sich nicht gut fühlte. Er war auch nicht mehr so aktiv wie zuvor und konnte auch nicht mehr richtig seiner Arbeit nachgehen.

Meine Mutter forderte ihn immer wieder auf, dringend einen Arzt zu konsultieren, denn sie war in großer Sorge um ihn.
Erfolglos, er hörte nicht auf sie und verweigerte beharrlich eine Untersuchung beim Arzt- bzw. im Krankenhaus.

Mein Bruder Ali musste sich jetzt alleine um unseren Hof und die Felder kümmern. Er versuchte, die fehlende Arbeitskraft meines Vaters zu ersetzen, konnte aber die Lücken, die Vater bei der Arbeit hinterließ, nicht restlos schließen.

Er tat sein Bestes, um unsere kleine Farm am Laufen zu halten und die Feldarbeit möglichst produktiv zu bewerkstelligen. Trotzdem ging der Ertrag unserer Felder mit der Zeit allmählich zurück. Ali kam mit dem Pflanzen, Pflegen, Bewässern und dem Ernten nicht hinterher. Die Arbeit, die ursprünglich drei Personen gemacht hatten, nämlich Vater, Adam und er, konnte er nicht alleine bewältigen. Das war schon schwerer geworden, als Adam wegging, aber mit dem zusätzlichen Ausfall von Vaters Arbeitskraft waren die anstehenden Arbeiten von ihm nicht zu schaffen.

Mein Onkel bemerkte schnell die Veränderung bei uns, denn wir konnten nur noch deutlich weniger Obst und Gemüse zu seinem Laden in die Stadt liefern.

Mein Vater und mein Onkel hatten zu gleichen Teilen Land von ihrem Vater, also meinem Großvater geerbt. Da mein Onkel mit seiner Familie in der Stadt lebte, konnte er sich nicht um seinen Teil der Felder kümmern, den er von Großvater bekommen hatte. Also hatte mein Onkel beschlossen, seinen Landanteil meinem Vater zu überlassen, mit der Vereinbarung, dass Vater es wie sein eigenes Land pflegen und bewirtschaften würde. Wenn dann das angebaute Obst und Gemüse reif waren und geerntet wurden, brachte mein Vater die Ernte in die Stadt und mein Onkel verkaufte vieles davon in seinem Geschäft. Den Gewinn aus den Verkäufen hatten beide dann anschließend aufgeteilt.

Jetzt konnten die Felder nicht mehr so bestellt werden, wie zuvor. Vater konnte ja seit der Beerdigung von Moussa nicht mehr richtig arbeiten. Wir konnten es uns auch nicht leisten, jemanden einzustellen, der Ali bei der Arbeit geholfen hätte. Deshalb fielen die Ernten geringer aus und wir konnten folglich weniger Feldfrüchte an den Onkel liefern.

Wegen dieser Situation kam mein Onkel zu uns nach Hause. Es gab eine längere Diskussion zwischen Vater und seinem Bruder darüber, wie es denn künftig weitergehen sollte und konnte. Was dabei genau besprochen wurde und was die beiden vereinbart hatten, hatte ich nicht so genau mitbekommen. Ich hörte aber in einem Gespräch zwischen Vater und Mutter, dass der Onkel seinen Anteil an den Feldern wieder zurückgenommen hatte und sich um sein Land selbst kümmern wollte. Auf jeden Fall beschlossen meine Eltern zukünftig nur noch auf ihren eigenen Feldern zu arbeiten. Das, was dort angebaut und geerntet werden würde, wollten sie selbst verkaufen und nichts mehr an den Onkel liefern. Dazu wollten sie einen kleinen Stand auf unserem Dorfmarkt aufstellen und Mutter würde dann unsere Ernte dort verkaufen.

Ich würde mich alleine um die Tiere kümmern, sie versorgen und auf sie aufpassen.
Gleichzeitig wäre das alles für Ali entlastend, es würde den enormen

Druck von seinen Schultern nehmen.

Im Laufe der Zeit ging es meinem Vater Tag für Tag besser. Er fühlte sich mental und körperlich wieder nahezu gesund. Er konnte jetzt auch wieder anpacken und einen Teil der Arbeiten übernehmen.

Auch für meinen Bruder Ali waren die Veränderungen sehr positiv. Es gab für ihn jetzt wieder mehr, als nur die nicht enden wollende Arbeit auf den Feldern. Er nahm sein Leben wieder auf, wie zuvor. Wenn es Gelegenheiten gab, ging er wieder zu Hochzeiten und zu sonstigen Festen.

Eines frühen Morgens sah Vater, als er aufstand, dass Ali nicht im Haus war. Vater hatte auch gemerkt, dass Ali in der letzten Nacht nicht nach Hause gekommen war. Ali hatte am Abend zuvor gesagt, dass er zu einer Hochzeit gehen wollte, die nicht weit von uns entfernt gefeiert wurde.

Vater erzählte meiner Mutter und mir am Morgen, dass Ali die letzte Nacht nicht zu Hause verbracht hatte. Vater war nicht sonderlich besorgt darüber. Mutter allerdings schon. Sie hatte plötzlich Angst und eine Vorahnung umschlich sie, denn das Hochzeitsfest fand ja nicht so weit von uns entfernt statt.

Ich war gerade dabei, unsere Tiere aus dem Stall zu holen und sie auf die Weidefläche zu bringen, als eine Gruppe fremder Männer direkt auf mich zukam. Sie fragten mich, ob mein Vater zu Hause wäre und wo sie ihn finden könnten. Ich antwortete ihnen, dass sie Vater im Wohnhaus antreffen könnten. Daraufhin gingen sie zu unserem Haus, Vater und Mutter saßen noch vor der Tür.

Mein Vater stand auf, als er die fremden Männer kommen sah. Sie baten ihn um ein Gespräch, dass sie mit ihm alleine führen wollten.

Mein Vater ging daraufhin mit ihnen unter den großen Baum auf unserem Hof. Dieser Platz wurde fast immer von den Männern für wichtige Besprechungen gewählt.

Da ich mit unseren Tieren noch nicht weit weg war, konnte ich die Unterredung deutlich hören.

Der Älteste der Männer übernahm das Reden und richtete das Wort direkt an meinen Vater. Er berichtete ihm, dass es gestern Abend bei der Hochzeitsfeier zu einem Unfall gekommen war.
Die Familie des Bräutigams hatte die Ankunft der Braut und ihrer Familie mit Musik und Tanz gefeiert. Es wurden in dieser ausgelassenen Stimmung auch Freudenschüsse aus Gewehren abgegeben.
Einer der Schützen hatte dann irgendwann die Kontrolle über sein Gewehr verloren. Statt in die Luft zu schießen, hatte er das Gewehr zu tief gehalten und dann mehrere Gäste angeschossen.

Ali wurde bei dieser Schießerei von einer Kugel so schwer am Hals getroffen, dass er kurz darauf seinen Schussverletzungen erlag.

Schweigen und Stille.

Wie gelähmt von der mitgehörten, entsetzlichen Nachricht sank ich, da wo ich gerade gestanden hatte, auf den Boden. Die gehörten Worte hallten mir in meinen Ohren nach. Die Gedanken schossen kreuz und quer durch meinen Kopf. Ich konnte nicht richtig denken, konnte die Situation nicht richtig erfassen. Ich spürte aber in meinem Inneren, dass etwas ganz Schlimmes in der letzten Nacht passiert war.

Entsetzen, Verzweiflung, Hilflosigkeit und Trauer drückten mich auf den Boden, dort wo ich hingesunken war.

Mein Vater wäre fast umgefallen, nachdem er gehört hatte, was mit seinem Sohn Ali bei der Hochzeitsfeier in der letzten Nacht passiert war.

Zwei der fremden Männer, die bei der Unterredung dabei waren und in seiner Nähe standen, sprangen herbei und halfen ihm, aufrecht stehen zu bleiben.

Vater war verstummt. Er konnte nicht sprechen, er konnte dem Wortführer keine Fragen stellen. Regungslos, mit starrem Blick und hängenden Schultern versuchte er sein Gleichgewicht zu finden.
Die zwei Männer umfassten ihn an den Armen und an der Schulter. Mit schlurfenden, kraftlosen Schritten und an beiden Seiten untergeharkt, ging mein Vater zu unserem Haus.

Mutter war zuvor ins Haus gegangen. Sie war zunächst erstaunt und verwundert, als Vater von den Männern ins Haus gebracht wurde. Vater sank kraft- und energielos wie eine leere Hülle auf eine der Sitzmatte nieder. Die Männer halfen ihm dabei, sich aufzusetzen, damit er Luft holen konnte

Vater konnte noch immer nicht reden. Es war so schwer für ihn, das Gehörte zu verstehen und zu ertragen. Die schlimme, entsetzliche Nachricht lastete auf ihm und nahm ihm alle Kraft.
Der Atem ging schwer, der Blick war starr auf den Boden gerichtet, sein Gesicht war grau, die Miene versteinert. Bewegungslos, in sich gesunken, saß er auf der Matte.

Meine Mutter war erstarrt vor Schrecken, als sie Vater so niedergeschlagen und so zerschunden von dieser grausamen Nachricht da sitzen sah. Die fremden Männer berichteten ihr mit wenigen Worten, was geschehen war und warum Vater sich in diesem Zustand befand. Ihre schlimmsten Befürchtungen über das Ausbleiben von Ali in der letzten Nacht hatten sich bewahrheitet. Eine ganz tiefe Trauer stieg in ihr auf, auch sie fand keine Worte in dieser Situation. Sie war schwer getroffen, wollte das aber vor Vater nicht zeigen. Seine Hilflosigkeit forderte bei ihr Kräfte des Trostes und der Unterstützung heraus.

Sie verließ langsam den Raum und ging zum Weinen hinter das Haus. Nach einer Weile wischte sie ihre Tränen ab und ging zurück ins Haus. Sie war eine starke Frau, sie stellte ihren Kummer und ihr Leid hinten an. Jetzt wollte sie ihrem Mann beistehen, ihn trösten und ihn wieder etwas aufrichten.

Traurigkeit und Stille.

Ich war immer noch draußen neben unserem Haus, an dem Platz, an dem mich die schlimme Nachricht zu Boden niedergedrückt hatte. Als ich Mutter so sah, wie sie in dieser Situation reagierte, sagte ich mit, dass auch ich jetzt stark sein musste.

Meine zwei Onkel, die nicht weit vom Unglücksort entfernt wohnten, waren bereits über den tragischen Unfall und über den Tod von Ali informiert worden. Sie kamen kurze Zeit später und brachten den Leichnam von Ali zu unserem Haus. Auch sie waren in tiefer Trauer und sprachen einige Worte des Mitgefühls zu Mutter und Vater.

Sie berichteten zudem, dass der Mann, der meinen Bruder Ali erschossen und andere Hochzeitsgäste verwundet hatte, in Panik weggelaufen war und jetzt auf der Flucht wäre.
Niemand wisse, wo er sich versteckt halten würde.

In Somalia sieht das Recht im Falle der Tötung eines Menschen mehrere Möglichkeiten einer Bestrafung vor.

Wenn jemand eine andere Person versehentlich oder absichtlich getötet hat, dann hat die Familie des Getöteten das Recht, die Todesstrafe für den Mörder zu beantragen oder ihm zu vergeben.

Wenn die Familie des Opfers dem Mörder vergibt, dann muss er oder seine Familie als Strafe für seine Tat 100 Kamele als Vergeltung überbringen, wenn der Getötete ein Sohn war.

Meine Familie bereitete sich auf die Beerdigung von Ali vor.
Vater konnte den Tod von Ali nicht vor dessen großem Bruder Adam verbergen, denn die zwei standen sich während ihrer gemeinsamen Zeit bei uns zu Hause und bei der Feldarbeit immer sehr nahe.

Er bat deshalb einen Cousin, Adam von den schrecklichen Geschehnissen bei uns zu Hause zu informieren und ihm die Nachricht über den Tod seiner beiden Brüder zu überbringen.
Da wir mit der Beerdigung von Ali nicht warten konnten, sollte der Cousin ihm auch sagen, dass er nicht zur Beerdigung kommen sollte. Er würde aufgrund der Entfernung nicht rechtzeitig ankommen und außerdem hätte er seine gerade begonnene Ausbildung unterbrechen und eventuell sogar beenden müssen.

Zur Beerdigung von Ali kam auch die Familie seines Mörders. Sie wollten sich für die Tat entschuldigen und um Vergebung bitte. Sie erklärten sich bereit, alles zu bezahlen, was Vater fordern würde.
Sie beteuerten immer wieder, dass ihr Sohn nicht auf Menschen hätte schießen wollen. Es wäre ein tragischer Unfall gewesen.
Sie baten Vater um Verständnis und um sein Mitgefühl.

Die meisten Verwandten meines Vaters sagten ihm, dass es am besten wäre, wenn er dem Mörder vergeben würde. Dieser wäre auch auf der Flucht und niemand würde wissen, wo man ihn finden könnte. Es wäre recht unsicher, ob er jemals wieder auftauchen würde.
Verärgert antwortete mein Vater ihnen, dass nichts auf der Welt ihm seinen Sohn Ali wiederbringen könnte. Auch die angebotenen 100 Kamele könnten das nicht.

Er könnte deshalb dem Mörder nicht vergeben, egal, wo diese sich gerade aufhalten würde.

Und er sagte ganz laut: „Wenn es wirklich ein Unfall oder ein tragisches Geschehen war, warum ist dann der Schütze weggelaufen?" Warum versteckt er sich?"

Die Familie des Todesschützen antwortete darauf, dass ihr Sohn aus Angst vor der Reaktion meines Vaters weggelaufen wäre. Er hätte nämlich auch erfahren, dass bereits vor nicht allzu langer Zeit der jüngste Sohn unserer Familie durch einen Unfall zu Tode gekommen war. Deshalb ging er davon aus, dass mein Vater, verbittert durch den doppelten Verlust seiner Kinder, ihm nicht vergeben würde.

Vater war auch in der Tat überhaupt nicht bereit, zu vergeben. Er konnte es immer noch nicht fassen, dass er so kurz hintereinander zwei Söhne verloren hatte. Es spielte in seinem Kopf keine Rolle, ob der Verlust der Söhne durch einen Unfall oder auf sonstige tragische Weise geschehen war.

Für Mutter war das alles ganz schlimm und schwierig. Sie sah die Trauer und die Verbitterung bei Vater. Sie sah, wie er gefangen war in seiner Gefühlswelt. Sie fühlte den Verlust des zweiten Sohnes, sie konnte mit niemandem darüber reden. Sie blieb stumm und litt schweigend.

Auch ich litt schweigend an dem Verlust meines Bruders. Mit am schwierigsten war es für mich, meine Eltern so leiden zusehen.

Leiden und Stille.

Ich erinnere mich, dass die Beerdigung meines Bruders Ali ganz anders war, als die Beerdigung meines kleinen Bruders Moussa.

Es kamen viel mehr Verwandte, Freunde und Bekannte, um uns zu besuchen und um uns ihr Beileid auszusprechen und um ihr Mitgefühl zu zeigen.

Mit allen zusammen wurde drei Tage lang Essen zubereitet, eine große Menge davon wurde an die Armen und Bedürftigen verteilt. Es wurde wenig gesprochen, meistens saß man eng zusammen, bedrückt, traurig und aß stillschweigend. Es gab keine Freude, nur Trauer, Nachdenklichkeit und bei dem einen oder anderen auch innere Wut.

Vater war von tiefer Trauer gezeichnet, er war kraftlos, ohne Energie.

Mutter konnte es kaum mitansehen, wie er reglos da saß. Sie war natürlich auch zutiefst getroffen von Alis Tod, aber zusätzlich war sie von Vaters Zustand ganz stark berührt.

Ich war so traurig über den Verlust meines großen Bruders, dass ich von dem Geschehen auf unserem Hof nicht viel mitbekam. Es war wie in einem Film, wie in einer anderen Welt. Ich stand stumm und traurig dabei, ich betrachtete alles, die vielen Menschen, unseren Baum und meine Eltern. Ich konnte das alles nicht bewerten und einordnen.

Meine Gedanken waren bei Ali, wie großartig er gewesen war, wie er Vater und die ganze Familie mit seiner Arbeitskraft unterstützt hatte. Er war recht bodenständig gewesen, eigentlich immer gut gelaunt und freundlich zu allen.

Direkt nach dem Tod von Moussa war Alis Freude und Freundlichkeit deutlich gebremst, vielleicht fühlte er eine gewisse Mitschuld. Vielleicht dachte er, er hätte besser auf Moussa aufpassen müssen, als die beiden draußen auf den Feldern und Weiden waren.

Aber nach einiger Zeit war er fast wieder so, wie ich ihn vor Moussas Tod kannte.

Ich fragte mich auch, wie schlimm die Nachricht von Alis Tod meinen großen Bruder Adam treffen würde. Er war alleine, weit weg von unserer Familie und er konnte nur durch den Cousin informiert werden. Ich hatte etwas Angst um ihn, wie er wohl die schlimme Nachricht verkraften würde?

Am dritten Tag der Beerdigung waren wir alle sowohl mental als auch körperlich sehr müde und keiner hatte mehr große Energien in sich. Der Tod von Ali lastete auf Vater, Mutter und auch auf mir. Die vielen immer wiederkehrenden gleichen Gedanken, die ständige Frage nach dem: „Warum", das viele Weinen und die Beileidsbekundungen der zahlreich erschienen Menschen hatten uns viel Kraft abverlangt.

Am Nachmittag dieses dritten Tages sah ich von weitem, dass der Cousin, der Adam über den Tod von Ali benachrichtigt hatte, auf unseren Hof zukam. Ich konnte auf die Ferne an seinem Gesicht nichts Auffälliges erkennen. Ich dachte erst, er wäre noch einmal zurückgekommen, um mit uns und mit seiner Familie, die noch bei uns war, das Ende der Beerdigung zu begehen.

Der Cousin begrüßte meine Mutter und setzte sich zu den anderen Männern unter den Baum. Nach der Begrüßung der dort sitzenden Männer berichtete der Cousin, dass er Adam die schlimme Nachricht übermittelt hatte. Er hatte ihm auch ausgerichtet, dass er nicht zur Beerdigung kommen müsste.
Die Familie hätte Verständnis dafür, wenn er aufgrund der weiten Entfernung und der gerade erst begonnenen militärischen Ausbildung nicht nach Hause kommen würde.

Der Cousin machte eine Pause bei seinem Bericht. Dann berichtete er mit stockenden Worten, den Blick auf meinen Vater gerichtet, dass sein einziger Sohn, der von den drei Jungs noch lebte, bei einem Autounfall fast ums Leben gekommen war.

Adam hatte zwar gehört, dass die Familie Verständnis für sein Wegbleiben hätte, er hatte aber trotzdem alles daran gesetzt, noch rechtzeitig zur Beerdigung von Ali zu uns nach Hause zu kommen. Er liebte seinen Bruder sehr und wollte von ihm Abschied nehmen können.

Er hatte deshalb kurzentschlossen einen Wagen und einen Fahrer gemietet. Der Wagen war mit hoher Geschwindigkeit zu uns unterwegs, denn Adam forderte den Fahrer immer wieder dazu auf, schnell zu fahren, da die Zeit bis zur Beerdigung sehr knapp war. Irgendwo auf dem Weg kam der Wagen aufgrund des hohen Tempos von der Straße ab und raste gegen einen Baum.
Adam war bei diesem Unfall ganz schwer verletzt worden, es stand sehr schlimm um ihn. Seine Überlebenschancen waren aufgrund der zahlreichen Wunden, Brüche und inneren Verletzungen sehr klein. Er war eigentlich mehr tot als lebendig.

Der Fahrer des Wagens war auch verletzt worden, aber nicht ganz so schlimm. Er konnte noch die Dienststelle von Adam über den tragischen Unfall informieren. Von dort hatte dann der Cousin die entsetzliche Mitteilung erhalten.

Als Vater diese schlimme Nachricht gehört hatte, verlor er das Bewusstsein und fiel um.
Zum Glück fiel er dahin, wo der Cousin gerade saß.
Er konnte Vater auffangen und den Sturz etwas mildern. Als Soldat kannte er sich auch mit Erste-Hilfe-Maßnahmen ganz gut aus und so begann er sofort bei Vater mit einer Herzmassage.

Nach einiger Zeit kam Vater wieder zu Bewusstsein. Es war dem Cousin zu verdanken, dass Vater wieder atmen konnte und so ins Leben zurückgeholt wurde.

Als ich sah, dass Vater umkippte und auf den Boden fiel, rannte ich sofort zu ihm. Ich wusste nicht, warum Vater am Boden lag, ich kannte die schlimme Nachricht von Adams Unfall ja nicht.

Ich musste weinen, als ich Vater so da liegen sah, ganz blass, ohne jegliche Regung. Ich hatte große Angst um ihn. Ich konnte auch nicht erkennen, was der Cousin mit Vater da machte. Erst mit der Zeit konnte ich sehen, dass das Drücken auf den Brustkorb meinem Vater wieder zum Atmen verhalf.
Ich war ganz erleichtert und fühlte mich gleich viel besser, als ich sah, dass Vater wieder atmen konnte und sich langsam erholte. Es kam langsam wieder Leben in ihn.

Aufgeregt fragte ich die umstehenden Männer, warum Vater plötzlich umgefallen war und sein Bewusstsein verloren hatte.
Niemand antwortete mir.
Mutter kam mit schleppendem Gang aus dem Haus auf mich zu. Sie war sehr erstaunt, Vater in diesem Zustand zu sehen. Sie hatte den ganzen Vorfall vom Haus aus beobachten können. Aber auch sie hatte keine Ahnung, was zuvor passiert war und worüber die Männer gesprochen hatten.
Auch sie fragte, was denn der Grund für Vaters plötzlichen Zusammenbruch gewesen wäre.
Niemand antwortete ihr.

Dann nahm mein Onkel Mutter und mich beiseite, um mit uns zu sprechen und um die Situation zu erklären. Wir gingen zusammen in unser Haus. Drinnen bat uns der Onkel, wir sollten uns hinsetzen.

Ich hätte nicht gedacht, dass es etwas Schlimmeres geben könnte, als das, was wir alle damals erleben mussten und was wir durchgemacht hatten.

Mein Onkel stand im Raum, in seinem Gesicht war nur Traurigkeit, nichts als Traurigkeit. Er konnte zunächst nichts sagen, kein Wort kam über seine Lippen. Vielleicht wusste er auch nicht, wie und welchen Worten er uns diese schlimme Nachricht überbringen sollte. Er konnte uns auch nicht direkt ansehen. Er senkte seinen Blick und schaute auf den Boden, um uns seine Traurigkeit nicht zu zeigen.

Nach einer Weile begann er zu reden. Langsam, leise und stockend. Er sagte, dass es für uns in der letzten Zeit sehr schwer gewesen war, wir hatten durch den Tod von Moussa und dann von Ali viel zu ertragen.

Er fuhr in seiner Rede damit fort, dass wir alle wüssten, dass alles, was passiert war, von Gott geschrieben wäre und dass wir als Menschen die Dinge nicht verändern oder vermeiden könnten. Der Lauf jedes Lebens wäre von Gott bestimmt.
Kinder wären die Gaben Gottes, die wir ohne ihn nicht hätten. Er hatte sie uns gegeben und nähme sie zur nur von ihm bestimmten Zeit auch wieder zurück. Wir Menschen hätten keine Wahl und auch keine Mög-lichkeit, den vorgegebenen Lauf des Lebens zu ändern oder unser Schicksal durch irgendetwas zu beeinflussen.

Der Onkel verstummte und machte eine Pause.
Mutter hörte meinem Onkel sehr aufmerksam zu. Ich konnte sehen, dass sie jedes einzelne Wort aufnahm und dass seine Rede tief in ihrem Inneren ankommen konnte.

Ich war nicht so aufmerksam, ich konnte es kaum erwarten, dass er seine Rede beenden würde. Mich drängte es raus zu meinem Vater, ich wollte sehen, wie es ihm ging. Hatte er seine körperliche Stabilität ge-funden oder schwankte er noch zwischen Atemnotstand und Herzaus-setzern?
Mein Onkel begann wieder zu reden. Er informierte uns darüber, was Adam passiert war. Ob er noch am Leben oder bereits tot war, wusste

in diesem Moment niemand.

Jetzt verstand ich alles, was vorher gesagt worden war. Ich verstand im Nachhinein mit einem mal die Worte meines Onkels. Warum er zu uns über das Leben sprach. Warum er davon gesprochen hatte, dass unser Lebenslauf von Gott festgeschrieben wäre.
Ich konnte den Sinn seiner Rede erkennen, auch, warum er so mit Mutter und mir gesprochen hatte.
Und ich verstand jetzt, warum Vater wie vom Blitz getroffen umgefallen und ohnmächtig geworden war.

Mich traf diese neue, entsetzliche Nachricht wie ein ganz schwerer Schlag auf meinen Kopf und auf meinen Körper. Ich konnte mich nicht bewegen, ich konnte nichts sagen. Ich war starr vor Entsetzen, Schrecken, Traurigkeit und Angst.

Mutter saß neben mir. Sie packte ihren Kopf mit beiden Händen und rief in ihrem Schmerz: „ Was habe ich in meinem Leben falsch gemacht, dass mir und meiner Familie so viel Schlimmes passiert? Womit habe ich das alles verdient? Warum, warum?"

Dann bat sie mich, ihr einen Schleier zu holen, den sie sich um ihren Kopf wickeln wollte. Sie spürte, dass ihr Kopf vor Schmerz und Trauer zu Boden fallen wollte, deshalb band sie den Schleier um den Kopf.

Der Cousin, der Vater zuvor mit der Herzmassage zurück ins Leben geholt hatte, kam jetzt zu uns ins Haus. Er teilte uns mit, dass Vater gesundheitlich sehr instabil wäre und deshalb müsste er ihn schnellstens in die Stadt ins Krankenhaus bringen.
Mutter wollte aufstehen, um nach Vater zu sehen und sie wollte ihn auf dem Weg ins Krankenhaus begleiten.
Mein Onkel bestand aber darauf, dass sie sich hinlegen und ausruhen

sollte. Er würde mit dem Cousin meinen Vater ins Krankenhaus bringen. Er bat mich, ich sollte bei meiner Mutter bleiben und ihr in dieser schlimmen Zeit beistehen.

Ich wusste zu der Zeit nicht, ob Adam noch am Leben war oder ob ich jetzt auch noch meinen dritten Bruder verloren hatte.

Ganz schwierig und sehr belastend war für mich noch immer, dass ich mich von Adam nicht richtig verabschiedet hatte, als er zu seiner militärischen Ausbildung fort ging.

Gleichzeitig war ich aber auch ein bisschen wütend auf Adam, weil er der einzige in unserer Familie war, der die Schule hatte besuchen dürfen.

Wer von uns hatte schon das Glück, seine Träume wahr werden zu lassen? Adam konnte zwar jetzt seinen Traum vorerst nicht weiter leben, aber er hatte die beste Position von uns Kindern gehabt.

Ich war eifersüchtig auf ihn und seine Chancen.

Aber, so durfte ich in dieser Situation nicht denken. Ich verschob die Gedanken und betete. Ich betete für Adam, dass er den Unfall überleben würde.

Meine Gebete waren natürlich auch für meinen Vater. Ich wünschte, dass er medizinisch gut behandelt und bald geheilt werden würde und dass er bestenfalls wieder so stabil und energievoll würde, wie er zuvor war.

Er war doch der einzige in unserer Familie verbliebene Mann, er war ganz wichtig für meine Mutter und für mich.

Während ich in Gebeten und Gedanken versunken war, lag meine Mutter die ganze Zeit neben mir.

Sie hatte die Augen geöffnet, aber ihr Blick ging ganz weit in die Ferne oder er ging tief in ihr Innerstes.

Ich versuchte ihren Blick zu finden und aufzunehmen, aber sie sah mich nicht.

Kein Wort kam mehr von ihren Lippen, ich wusste nicht, was sie dachte, wie es ihr ging. Ich versuchte mit ihr zu reden, aber sie antwortete mir nicht. Sie war ganz woanders, es war nur ihr Körper, der hier neben mir lag.

Die Leute, die zur Beerdigung meines Bruders Ali gekommen waren und die ganze Zeit noch auf unserem Hof zusammen gestanden hatten, betraten unser Haus. Sie wollten uns Trost spenden und Mut zusprechen, sie hatten mittlerweile auch von dem schweren Unfall gehört, der Adam passiert war. Und sie hatten mitangesehen, wie Vater in die Stadt gebracht worden war.

Es war Abend geworden, dann waren alle Leute von unserem Hof weggegangen. Mutter und ich waren alleine.

Wir blieben die ganze Nacht wach. Mutter konnte wieder sprechen, sie fand ihre Stimme und die Worte wieder. Wir redeten von Vater. Was er alles gemacht hatte. Von seinen Erlebnissen und Erfolgen im Leben. Von seinen Aufgaben als Familienoberhaupt und Ernährer der Familie.

Mutter erzählte auch von der Zeit mit ihm, als ich noch nicht geboren war.

Sie unterbrach ihr Reden öfters, zum Nachdenken und Nachspüren und um die Tränen fließen zu lassen.

Der nächste Tag brach an und wir warteten und hofften auf eine gute Nachricht zum Zustand meines Vaters.

Endlich kam mein Cousin. Er teilte uns mit, dass er Vater ins Krankenhaus gebracht hatte und dass dieser im Koma lag. Die Ärzte konnten keine Auskunft darüber geben, wann und wie er wieder aufwachen würde.

Meine Mutter stellte dem Cousin gleich mehrere Fragen hintereinander:

- konnte Vater die Augen öffnen?
- hörte er etwas, wenn er angesprochen wurde?
- konnte er die Menschen um ihm herum erkennen?
- konnte er seine Hände oder Finger bewegen?
- was hatte der Arzt konkret gesagt?

Mein Cousin konnte ihre schnell aufeinander folgenden Fragen nicht beantworten. Er hatte Vater ins Krankenhaus gebracht und ihn dann nur nochmal kurz in seinem Krankenhausbett liegen gesehen. Weitere Informationen von den Ärzten hatte er bisher nicht bekommen.

Nach einer kurzen Pause des Nachdenkens sagte er dann meiner Mutter, dass wir alle jetzt nur noch für Vater beten könnten, damit es ihm besser gehen würde.

Zur gleichen Zeit lag Adam mit seinen schwersten Verletzungen im Militär-Krankenhaus und es war damit zu rechnen, dass er den Unfall vielleicht nicht überleben würde. Er war dem Tod näher als dem Leben.

So schlimm unsere gesamte Situation war, wir mussten uns auch mit dem entsetzlichen Gedanken beschäftigen, dass eventuell eine Beerdigung für Adam vorbereitet werden musste. Vater lag im Krankenhaus, er konnte für die Beerdigung seines ältesten Sohnes nicht sorgen.

Ebenso ließ der Zustand meiner Mutter es nicht zu, dass sie sich um diese kräftezehrende Angelegenheit kümmern konnte.
Mein Cousin erkannte unsere schwierige Lage und so bot er uns seine Hilfe und die seiner gesamten Familie an. Sie würden alles Notwendige in die Wege leiten, wenn es denn erforderlich sein sollte.

Adam lag im weit entfernten Militär-Krankenhaus, seine Überlebenschance war sehr klein. Im Falle seines Todes konnte der Leichnam aufgrund der Entfernung nicht zu uns nach Hause gebracht werden.

Es wurde deshalb in unserem Familienkreis bestimmt, dass Adam für den Fall des Todes dort begraben werden sollte, wo er den schweren Verletzungen erliegen würde. Das wäre dann ein Ort in der Nähe des Krankenhauses.
Mein Cousin erklärte sich bereit, sich dort um alles zu kümmern, was für eine Beerdigung notwendig war.

Auf dem Weg dorthin ging der Cousin vorher noch in das Militär-Krankenhaus. Weil er ja selbst Soldat war, konnte er das Krankenhaus betreten und er wurde in das Zimmer gelassen, in dem Adam lag.

Adam lag im Koma, er war nicht ansprechbar. Er hatte sich viele Brüche an Armen, Beinen und am ganzen Körper zugezogen. Dazu kamen noch die vielen inneren Verletzungen.
Der behandelnde Arzt sagte, es wäre ein großes Wunder, wenn er all diese Verletzungen überleben würde.
Es wäre jetzt schon ein kleines Wunder, dass Adam selbst atmen könnte.

Mein Cousin überredete den Arzt, dass er im Falle von Adams Tod nicht sofort dessen Familie benachrichtigen sollte. Alle wären durch den Tod von Moussa und von Ali und durch den Zusammenbruch von Vater so entkräftet und geschwächt, dass sie eine weitere schlimme Mitteilung kaum würden ertragen können.
Wenn Adam sterben würde, dann sollte der Cousin benachrichtigt werden, er würde sich um die Beisetzung kümmern und er selbst würde dann zu einem späteren Zeitpunkt die Familie von Adams Tod unterrichten.

Das war eine schwere Entscheidung, die mein Cousin nach langem

Nachdenken getroffen hatte. Er hatte dabei an meinen Vater gedacht, der nach einem Zusammenbruch im Krankenhaus lag, er hatte an meine Mutter gedacht, die eine weitere Todesnachricht nicht mehr würde ertragen können. Er hatte an die ganze Familie gedacht, die bereits den Kopf ganz tief gesenkt hatte und sich auf weitere schlimme Nachrichten versuchte einzustellen.

Über den tatsächlichen Zustand von Adam wollte er uns nichts Konkretes sagen, außer, dass er leben würde und sein Körper gegen die vielen inneren Verletzungen und äußeren Verwundungen ankämpfen würde.

Zur gleichen Zeit, in der sich mein Cousin um meinen Bruder Adam kümmerte, trauerte und hoffte die ganze Familie. Für uns alle, besonders für meine Mutter war es sehr schwer, dass Vater nicht bei uns war.

Natürlich war die ganze Situation für mich auch sehr belastend, aber ich hatte keine andere Wahl, als stark zu sein und den anderen da zu helfen, wo ich konnte. Ich musste vorwärts gehen und fest daran glauben, dass wir die aufgetürmten Schwierigkeiten bewältigen würden.

Wir bekamen zudem Unterstützung von der ganzen Familie und unser Glaube an Gott half uns aus der durch die Trauer verursachten Lähmung herauszukommen. Das war ganz besonders wichtig für meine Mutter.

Mein Vater war bereits seit 6 Monaten im Krankenhaus und wurde dort von mehreren Ärzten behandelt. Während diese Zeit pendelten wir zwischen unserem Haus und dem Krankenhaus hin und her.

Das war eine schwere Zeit, aber Gott sei Dank, war mein Vater nach etwas mehr als 4 Monaten aus dem Koma aufgewacht. Er war noch nicht wieder ganz gesund, sein Zustand war noch nicht so, wie vor dem Zusammenbruch. Wir konnten aber sehen, dass es ihm körperlich deutlich besser ging, als zu der Zeit, als er ins Krankenhaus gebracht worden war.

Körperlich machte er täglich Fortschritte, aber in seinem Kopf waren noch einige Dinge verschoben.
Er konnte nicht akzeptieren, dass er zwei Söhne verloren hatte und eventuell auch noch den Dritten verlieren würde.
Er fragte uns oft, was wir denn Neues von Ali und Moussa berichten könnten. Er fragte uns auch, wie es denn Adam beim Militär ergehen würde. Er fragte auch, warum denn die Söhne nicht ins Krankenhaus kämen, um ihren kranken Vater zu besuchen.

Wenn wir dann versuchten ihm schonend zu erklären, dass die jüngeren Söhne verstorben waren und der ältere dem Tod sehr nahe wäre, dann wurde er sehr laut und ungehalten.
Er schrie dann, dass das alles nicht wahr wäre, dass alle noch am Leben wären. Alle: Adam, Ali und Moussa!

Meine Mutter redete dann lange mit leiser Stimme mit ihm und das beruhigte ihn allmählich. Am Ende sagte er dann, wir sollten ihm nicht sagen, was wirklich passiert war. Er könne besser zu Kräften kommen und gesund werden, wenn er die Wirklichkeit nicht hören müsste.

Viele Menschen, die ihn im Krankenhaus besuchten, sagten, er sei verrückt geworden. Er hätte durch diese Krankheit sein Gehirn verloren.

Mutter und ich waren erstmals froh, dass er wieder aus dem Koma erwacht war. Er schien auf dem Weg der Besserung zu sein. Er konnte sich bewegen, er konnte sprechen und zuhören. Der behandelnde Arzt sagte uns, dass Vaters Zustand nicht ungewöhnlich und besorgniserregend wäre. Nach so einem Zusammenbruch und der langen Zeit im Koma bräuchte der Kopf Ruhe, Geduld und viel Zeit, um alles, was zwischenzeitlich passiert war, akzeptieren zu können.

Während Vater im Krankenhaus gelegen hatte, hatten sich meine Onkel um die Arbeiten bei uns gekümmert, die wir Frauen nicht selbst erledigen konnten. Sie regelten die Bezahlung der Ausgaben für unseren Haushalt und sie beglichen die Rechnungen für den Krankenhausaufenthalt.

Einer meiner Onkel nahm unser Land in seine Obhut, wir konnten alleine die Feldarbeiten nicht bewältigen und wir hatten auch kein Geld, um fremde Arbeitskräfte bezahlen zu können.

Vater konnte selbst keine Entscheidung darüber treffen, wie unsere Felder bewirtschaftet werden sollten und Mutter hatte keine andere Wahl, als die Arbeit der Onkel zu akzeptieren

Von Adam hatten wir keine neue Nachricht erhalten. Wir wussten nicht, ob er überleben oder sterben würde.

Keine andere Wahl

Nachdem Vater aus dem Krankenhaus entlassen worden war und wieder bei uns zu Hause wohnte, kam uns eines Tages Ismaels Familie besuchen.
Bei all den Problemen und Tragödien, die wir in der letzten Zeit erleben mussten, hatte ich völlig verdrängt, dass ich mit jemandem aus dieser Familie verlobt worden war.

Als ich sie jetzt kommen sah, dachte ich, sie wollten meinem Vater einen Besuch nach der langen Krankheit abstatten.
Ich stand deshalb auf, als sie unser Haus betraten und bereitete etwas zum Trinken vor. Vater lag auf seiner Matte und Mutter saß neben ihm.

Ismael war mit seinem Sohn Said gekommen. Er setzte sich neben Vater, um mit ihm zu reden. Said blieb stumm im Hintergrund stehen.

Vater hatte sich aufgesetzt und hörte ihm ruhig zu.

Als ich mit den Getränken zurück in den Wohnraum kam. hörte ich, dass die beiden über Heirat und Ehe sprachen.
Ismael sagte, dass er Verständnis für die ganze Situation hätte und dass es ihm sehr leidtun würde, was in unserer Familie alles passiert war.

Aber sie hätten länger als vereinbart gewartet. Sein Sohn Said sollte jetzt so schnell wie möglich heiraten.

Diese Worte und die darin enthaltene Forderung trafen mich hart und ich spürte, wie Ärger in mir aufstieg.
Sagen konnte ich nichts, denn ich hatte nicht das Recht, in eine Diskussion zwischen erwachsenen Männern einzugreifen.

Mutter schien von Ismaels Bitte nicht sehr überrascht zu sein, da seit dem geplanten Hochzeitsdatum bereits einige Monate vergangen waren.

Mein Vater, er war glücklich. Er erinnerte sich sehr gut an die Verhandlungen über die Verlobung unter unserem Baum. Die Erinnerung, was mit seinen Söhnen zwischenzeitlich passiert war, hatte dagegen einige Lücken.

Für ihn war es die logische Konsequenz, dass die Verheiratung seiner Tochter jetzt anstand.

Er teilte auch gleich allen, die im Raum waren mit, dass er Großvater werden wollte und dass er seine Enkel aufwachsen sehen möchte. Aber niemand könnte wissen, was die Zukunft bringen würde.

Die Männer einigten sich darauf, die Hochzeit in drei Wochen zu organisieren. Vater wollte zunächst mit einer großen Zeremonie die Heirat feiern. Aber Mutter bat alle, die Heirat nur im engen Familienkreis zu feiern, angesichts der erst kürzlich erlebten Todesfälle. Außerdem wäre das für die Vorbereitungen einfacher und die Einladungen könnten schneller überbracht werden.

Bei den Gedanken an die Heirat hatte ich so große Schmerzen, dass mir alles egal war. Das Datum, der Ort und die Größe der Hochzeitsfeier interessierten mich nicht.

Was mich brennend interessierte, war, was mich in der Ehe erwarten würde. Wo, wie und mit welchen Menschen müsste ich nach der Heirat leben?

Musste ich meine Eltern verlassen ohne zu wissen, ob und wann sie Hilfe brauchten? Vielleicht mehr Hilfe als zuvor angesichts Vaters Zustand? Und angesichts der großen Belastungen bei Mutter.

Die Familie Ismael verabschiedete sich und ging von unserem Hof, nachdem sie Antworten auf ihre Fragen bekommen hatten und ein Termin für die Heirat festgelegt worden war.

Als alle fort waren, redete ich alleine mit meiner Mutter. Ich wollte meine Bedenken und meine Fragen, die ich mir selbst gestellt hatte, mit ihr teilen und besprechen.
Mutter beruhigte mich etwas und sagte mir, dass sie mich gut verstehen würde. Ich sollte aber immer daran denken, dass ich die Gewissheit hätte, dass sie immer an meiner Seite stehen würde, egal, was passieren würde. Das versprach sie mir und drückte mich an sich.

Jetzt sollte ich mir nicht so viele Gedanken und Sorgen über die Heirat machen, dass würde nur Kopfschmerzen verursachen. Nach all den Tragödien, die unsere Familie in der vergangenen Zeit hatte durchleben müssen, würde so eine Hochzeit die Familie auf neue Gedanken bringen und für mehr Lebensfreude sorgen.

Es wäre auch gut für mich, wenn ich mir nicht weiter meinen Kopf über meine Zukunft zerbrechen und mir immer nur Sorgen über Dinge machen würde, die wir nicht selbst verändern konnten. Vater wäre endlich sehr glücklich, dass seine Tochter jetzt verheiratet werden würde.

Ich erinnerte mich an den Tag, als meine Mutter mir mitgeteilt hatte, dass eine Heirat für mich vereinbart worden war.
Aber es wurde damals im Nachhinein auch beschlossen, dass es bis zur tatsächlichen Hochzeit noch eineinhalb Jahre dauern sollte. Eine Zeit, in der mich meine Mutter auf die Ehe vorbereiten konnte.

Ich sagte mir damals, dass ich diese Zeit nutzen würde, um meine Eltern umzustimmen, damit sie die Ehevereinbarung annullieren würden.

Für den Fall, dass das nicht klappen sollte, würde ich meine Flucht aus unserem Haus vorbereiten und dann in eine andere Stadt gehen.

Ich war damals bereit, viele Dinge zu machen, um nicht heiraten zu müssen. Und ich war mir damals sehr sicher, dass ich das auch machen würde. Was auch immer passieren sollte, eine Verheiratung in der geplanten Art und Weise konnte ich nicht akzeptieren.

Aber bei all den Problemen und Tragödien, die zwischenzeitlich über unsere Familie hereingebrochen waren, hatte ich vollkommen vergessen, mich intensiv mit meiner eigenen Situation zu beschäftigen.

Ich hatte keinen Plan gemacht und auch keine Vorkehrungen für meine Zukunft getroffen. Deshalb wusste ich jetzt auch nicht, was ich noch machen konnte. Ich wusste auch nicht, was ich meiner Mutter auf ihre Worte antworten sollte.

In Anbetracht des Gesundheitszustandes meines Vaters konnte ich mich den mit Ismaels Familie getroffenen Vereinbarungen nicht widersetzen. Für ihn wäre es ein weiterer, schlimmer Schicksalsschlag geworden, wenn seine Tochter sich widersetzt hätte.
Auch für meine Mutter wäre mein Widerstand eine ganz schwere Belastung.
Ich wollte sie nicht enttäuschen.

Es war zu spät, darüber nachzudenken, ob ich mich der Heirat durch Flucht hätte entziehen können. Ich hatte jetzt keine andere Wahl mehr, als die Vereinbarung über die Heirat zu akzeptieren. Etwas anderes konnte ich nicht mehr für mich machen.

In den Tagen nach dem Besuch der Familie Ismael ging ich wie gewohnt meinen Tätigkeiten auf unserem Hof nach. Ich kümmerte mich um unsere Tiere, brachte sie morgens zur Weide und holte sie abends zurück auf den Hof.

An einem Abend erzählte mir meine Mutter, dass Saids Mutter, also meine zukünftige Schwiegermutter, zu Besuch gekommen war, als ich mit den Tieren unterwegs gewesen war.
Vater hatte geschlafen und von dem Besuch nichts mitbekommen.

Saids Mutter hatte in dem Gespräch mit ihr darauf bestanden, dass die Heirat als große Zeremonie gefeiert werden müsste. Für ihren Sohn sollte das Hochzeitsfest sich über drei Tage erstrecken.

Mutter hatte ihr darauf hin gesagt, dass das für unsere Familie nicht möglich wäre. Wir hätten in letzter Zeit so viele Probleme und Verluste gehabt, zwei der Söhne wären gestorben und der dritte läge ganz schwer verletzt im Krankenhaus und niemand könnte wissen, ob er überleben würde.

Saids Mutter gab als Antwort, dass ihr das alles leidtun würde, aber sie könnte sich überhaupt nicht damit einverstanden erklären, dass die Heirat ihres Sohnes nicht als große Zeremonie gefeiert werden sollte.

Sie sprach ganz laut, war zornig und schrie Mutter an, weil diese ihr nicht zustimmen wollte.

Said hatte seine Mutter zu unserem Hof begleitet und stand draußen vor der Tür. Er versuchte seine Mutter zu beruhigen. Er entschuldigte sich für ihr Verhalten und führte sie dann aus unserem Haus.

Gemeinsam verließen sie unseren Hof.

Ich hatte jetzt bei dem Gespräch mit meiner Mutter das Gefühl, dass sie mir nicht alles, was sie beschäftigte und worüber sie sich Sorgen machte, sagen wollte. Ich hatte auch nicht den Mut und die Kraft, sie weiter zu befragen.

Die folgenden Tage vergingen so schnell, wie sonst die Stunden. Ich konnte sie gar nicht zählen, so schnell rannte die Zeit davon. Alle waren mit der anstehenden Hochzeit beschäftigt.
Ich beobachtete alles, was um mich herum passierte, sah dem emsigen Treiben zu.
Gefühlsmäßig war ich ganz weit weg, wie eine Zuschauerin, die aus der Ferne ein Schauspiel verfolgte. Ich war nicht Teil dieses Geschehens und schon gar nicht fühlte ich mich als Hauptperson.

Tag für Tag kam die Hochzeit näher, jeder machte sich bereit für diesen Tag. Alle trafen ihre Vorbereitungen.
Alle hatten etwas zu tun, nur ich saß im Haus und sah den Anderen bei ihren Verrichtungen zu, als wäre ich eine Fremde.
Ich saß in einer Ecke unseres Hauses, mein Körper war anwesend, aber meine Gedanken waren woanders. Das konnte man auch deutlich an meinem Gesicht sehen. Mein Leben bestand aus einer großen Traurigkeit, Angst und Verzweiflung und alle, die mich angeschaut haben, hätten das in meinem Gesicht erkennen können.

So eine große Traurigkeit und Verzweiflung kann man sich nicht vorstellen, wenn man das nicht selbst einmal erlebt hat. Schlimm war auch, dass meine Mutter jetzt keine Zeit für mich hatte. Wir hatten keine Gelegenheit mehr, uns über unsere Gedanken und Gefühle auszutauschen.
Mutter ging an mir vorbei, ohne die Traurigkeit, Angst und Verzweiflung zu bemerken, die in meinem Gesicht geschrieben war.

Dann kam der für die Heirat festgelegte Tag und mit ihm die Hochzeitsgäste.

Eine meiner Tanten kam zu mir, nahm mich an die Hand und führte
mich in den hinteren Bereich unseres Hauses. Sie sagte, dass sie mich
schon gesucht hatte, um mich auf die Heiratszeremonie vorzubereiten.
Sie hatte ein Hochzeitskleid dabei und bat mich, das anzuziehen.

Es war ein traditionelles Hochzeitskleid, zugeschnitten und genäht für
erwachsene Frauen. Ich war ja noch ein junges Mädchen und deshalb
war alles zu groß und ich verlor mich in der Kleidung.

Meine Tante sah, dass das Kleid viel zu groß für mich war, sie steckte
den Stoff deshalb an den Seiten ab. Es wurde besser als vorher, es war
aber immer noch zu groß für mich. Auch die Accessoires und die Arm-
und Fußringe und die Halsketten waren zu groß, ich konnte sie kaum
tragen, ohne sie zu verlieren.
Eigentlich war das Hochzeitsgewand sehr schön, der Stoff war kostbar
und fühlte sich gut an. Aber mir konnte in meiner Situation nichts gefallen.
Ich saß ausstaffiert mit der zu großen und ungewohnten Bekleidung im
Haus und wartete darauf, dass sich die Männer vom Besprechungsort
unter unserem großen Baum trennten.
In unserer Tradition bringen Hochzeiten vor allem Familien zusammen,
bevor die eigentliche Hochzeitszeremonie stattfindet. Es sind die Männer der Familien, die zusammen mit dem Imam sitzen und reden, um
ihren Sohn oder ihre Tochter zu verheiraten.

Wenn die Männer dann ihre Zusammenkunft beendet haben strömen
alle jungen Leute zusammen. Sie singen und tanzen dann vor den Hoch-
zeitsgästen, einige lesen auch Gedichte vor, um die Zeremonie einzulei-
ten.

Ich saß ganz alleine in meiner Ecke, versunken in meinen Gedanken. Ich wartete darauf, dass jemand kommen und mit mir reden würde. Mir erzählen würde, was draußen auf unserem Hof vorging. Es kam aber erstmals niemand.

Auf einmal stand meine Mutter im Raum, ich hatte nicht mitbekommen, dass sie ins Haus gekommen war.

Sie teilte mir mit, dass die Familie von Said meine Bitte akzeptiert hatte und dass die Ehe damit beschlossen worden war.

Ab heute, ab diesem Moment wäre ich eine verheiratete Frau.

Mutter redete aufgeregt weiter. Sie sagte, dass alle heute Abend meine Hochzeit feiern würden und dass ich anschließend in mein neues Zuhause ziehen würde.

Bei diesem letzten Satz bemerkte ich eine große Traurigkeit in ihren Augen. Sie versuchte, ihr Gesicht abzuwenden, sie wollte ihre Gefühle nicht zeigen.

Auf mich wirkte das Gesicht meiner Mutter sogar etwas beruhigend, ich war also nicht die einzige, die Angst vor dem hatte, was da kommen würde.

Meine Mutter hatte auch Angst, sie wollte mir das nur nicht zeigen. Sie wollte mir auch nicht zeigen oder sagen, dass sie sich mindestens genauso viele, vielleicht sogar mehr Sorgen machte, als ich mir.

Ich dachte über ihre Worte nach, die ich eigentlich nicht verstanden hatte. Ich fragte sie, welche Bitte von mir Saids Familie akzeptiert hatte. Ich konnte mich an nichts dergleichen erinnern. Mutter antwortete darauf, dass es um die Brautgabe ginge. Saids Familie hatte sich bereit erklärt, der Brautgabe in Höhe von 50 Kamelen zuzustimmen.

Ich verstand immer noch nicht und fragte erstaunt, wann ich denn diese Bitte geäußert hatte und was denn eine Brautgabe überhaupt wäre.

Mutter erklärte mir, dass sie mich vor ungefähr einer Woche dazu gefragt hatte. Weil ich ihr keine Antwort gegeben hätte, hatte sie 50 Kamele vorgeschlagen und ich hätte dazu „ja" gesagt.

Die Brautgabe ist das Geschenk, das der angehende Ehemann seiner zukünftigen Ehefrau nach den Vorschriften des Islam machen muss. Dieses Geschenk ist eine Form der Wertschätzung und der Achtung. Es bietet darüber hinaus der Frau eine bestimmte wirtschaftliche Sicherheit.

Die Brautgabe ermöglicht es der Frau im Falle eines Unglücks, z.B. Tod oder Krankheit des Ehemanns einige Monate wirtschaftlich alleine zu überleben. Dies gilt auch im Falle von einer Scheidung.

Im Islam hat der Ehemann nicht das Recht, die Brautgabe der Frau zu berühren, sie alleine kann es nach ihrem Ermessen verwenden.

Der Mann kann die geleistete Brautgabe auch beim Tod der Ehefrau nicht erben, in einem solchen Fall hat die Ursprungsfamilie der Frau das Anrecht darauf.
Die Brautgabe kann auf einmal zu Beginn der Ehe geleistet werden oder Stück für Stück im Laufe der Ehezeit.
Wenn die Brautgabe noch nicht restlos gezahlt wurde und der Ehemann verstirbt oder wenn er die Scheidung verlangt, dann muss trotzdem die noch ausstehende Leistung erbracht werden. Hier steht dann auch die Ursprungsfamilie des Ehemannes in der Verpflichtung.

Wenn eine Ehefrau die Scheidung verlangt, dann kann sie auf die Restleistung verzichten und dafür die Ehefreiheit eintauschen.

Ich erinnerte mich auf jeden Fall nicht daran, dass meine Mutter mich zu meinen Wünschen nach der Höhe der Brautgabe gefragt und mir den

Sinn dieser Regelung erklärt hatte. Genauso wenig erinnerte ich mich daran, ob und wenn ja, welche Antwort ich gegeben hatte. Es war mir auch eigentlich sehr egal, worüber die Familien sich geeinigt hatten, ich war überhaupt nicht daran interessiert.

Ich fühlte mich wie in einer anderen Welt, ich kam mir vor wie ein kleines Mädchen, das wie eine Puppe ausstaffiert worden war. Meine Gedanken, meine Gefühle, alles in meinem Körper und Kopf war durcheinander. Alles bewegte sich ziellos in einer rasenden Geschwindigkeit in mir.

Klare Gedanken konnte ich kaum festhalten, für kurze Momente war ich tatsächlich hier im Raum mit meiner Mutter, aber gleich danach schwirrten meine Sinne ab in eine andere unbekannte Welt.

Ich fühlte mich nicht gut. Ich fühlte mich haltlos, ideenlos, gedankenlos, verloren.

Dann beendeten die Familien und die Gäste das Singen und Tanzen vor unserem Haus.

Wir alle machten uns auf den Weg zum Wohnhaus von Said und seiner Familie. Alle gingen zu Fuß, wieder singend und tanzend. Ich war die einzige, die auf einem Kamel saß und von dem Tier sanft wiegend getragen wurde. Vater ging vorne weg und hielt das Kamelseil fest in seiner Hand. Mutter war am Ende des Zuges und wurde von unserem Esel getragen.

Der Weg war weit, staubig und die Sonne brannte immer noch vom Himmel. Trotzdem sangen und tanzten alle während der ganzen Zeit.

Es war eine lange Wanderung, wir waren ungefähr 4 – 5 Stunden unterwegs. Für alle, die zu Fuß gingen, war das recht anstrengend.

Ich hatte die gesamte Zeit auf dem Kamel gesessen, aber auch ich war von der Reise so müde wie die anderen. Ich konnte mich kaum noch auf dem Kamel halten.

Als wir denn endlich am Haus von Saids Familie ankamen, begrüßten uns weitere Menschen mit Liedern und freudigen Zurufen. Ich konnte nicht vom Kamel absteigen, denn meine Füße waren während des langen Ritts eingeschlafen. Die Leute, die neben dem Kamel standen, halfen mir beim Absteigen und brachten mich zu dem Platz, der für die Braut vorbereitet worden war.

Bei der Müdigkeit und dem Lärm und der Tatsache, dass ich in den letzten Tagen kaum geschlafen hatte, hatte ich jetzt das Gefühl, dass mein Kopf explodieren würde.
Ich konnte die vielen Menschen um mich herum kaum ertragen. Ständig kamen Leute, um mir zu gratulieren Die Kinder rannten laut lachend und rufend überall herum, viele kamen, um mich zu küssen.

Die Erwachsenen kamen alle, um meinen Kopf zu berühren und um mir ihre Glückwünsche zu überbringen.

Das war alles zu viel für mich. Alle, was ich noch wollte war, dass diese Nacht so schnell wie irgend nur möglich enden sollte.

Ich bin Ehefrau

Um Mitternacht kam Said und setzte sich neben mich. Er nahm meine Hand und legte sie in seine.

Meine Mutter saß neben mir auf der anderen Seite, sie küsste mich auf die Stirn und bat mich, Said zu folgen.

Er führte mich in ein kleines Haus, dass neben seinem Elternhaus stand. Dort fragte er mich, ob es mir gut gehen würde. Ich hörte meine Stimme, die „ja" antwortete, obwohl ich mich ganz anders fühlte. Daraufhin sagte er: „ Entspann dich, ich bin gleich wieder da".

Vor Müdigkeit und Erschöpfung war ich zu keinen Gedanken und Gefühlen mehr fähig. Ich sah im Raum eine Matte liegen, darauf ließ ich nieder, um zur Ruhe zu kommen.

Ich musste sofort eingeschlafen sein, ich erinnerte mich an nichts mehr in dieser Nacht. Ich schlief bis zum Morgen. Als ich aufwachte und meine Augen geöffnet hatte, sah ich Said, er lag neben mir auf einer zweiten Matte und schlief.

Ich war total erstaunt und verwundert, als ich ihn da so neben mir liegen und schlafen sah. Ich setzte mich möglichst geräuschlos auf. Ich wusste nicht, was ich machen konnte. Ich war in einem fremden Raum, ich war nicht zu Hause und konnte nicht um Hilfe rufen.

Ich war unsicher und hilflos. Ich hatte Angst.

Als Said aufgewacht war, bemerkte er, dass ich Angst vor ihm hatte. Er stand auf, kam ganz langsam auf mich zu und setzte sich direkt neben mich auf die Matte.

Er sagte: „Hab keine Angst, wir sind jetzt verheiratet. Wir werden zusammen neben meiner Familie in unserem Haus leben. Das wollte ich dir gestern Nacht alles erklären, aber du bist so müde gewesen und hattest schon geschlafen, als ich in unser Haus zurückgekommen war".

So begann an diesem Morgen mein Leben als verheiratete Frau.

Said lebte bis dahin mit seinen Eltern und drei Schwestern in einem Haus, das im Zentrum eines kleinen Dorfes stand. Er hatte noch eine verheiratete Schwester, die häufig ihre Eltern besuchen kam. Sie hieß Nicma und war vielleicht zwei Jahre älter als ich.

Der Vater war Viehhändler, er kaufte und verkaufte Kamele, Ziegen und Schafe. Die Mutter kümmerte sich um die Arbeiten im Haus.

Said stand jeden Morgen früher auf als alle anderen und ging dann in die Moschee des Dorfes, um erst zu beten und später dann Arabisch-Unterricht zu geben.

Am ersten Tag waren Saids Schwestern alle neugierig und nett zu mir. Saids Mutter sah mich dagegen unfreundlich an. Sie gab mir all die harten Hausarbeiten, die ich unter ihren kritischen Blicken erledigen musste. Von ihr kam weder Lob noch Dank. Als ich mit den Hausarbeiten endlich fertig war, spielte ich mit den Schwestern Seilhüpfen. Wir tollten herum und im Spiel vergaß ich, warum ich hier war.

Saids Mutter beobachtete mich während der nächsten Tage beim Arbeiten und beim Spielen mit den Schwestern.
Nach ungefähr einer Woche rief sie mich zu sich. Ich musste mich neben sie setzen. Ich fühlte mich unbehaglich. Nach einer kurzen Zeit des

Schweigens fragte sie mich, ob es mir irgendwo wehtun würde.

Ich war etwas erstaunt über diese Frage und antwortete ihr dann mit: „Nein".

In den nächsten Tagen stellte sie mir immer wieder komische Fragen: „Schläfst du alleine auf deiner Matte, obwohl das Bettlager groß genug für zwei ist?
Liegst du immer alleine während der Nacht?"
Ich habe ihre Fragen meistens gar nicht richtig verstanden. Ich wusste nicht, was sie von mir, was sie mit der Fragerei in Erfahrung bringen wollte. Aber ich spürte, dass sie etwas überprüfen wollte.

Ich habe auf jeden Fall auf die Fragen mal mit „ja" mal mit „nein" geantwortet, ohne den Sinn da hinter so richtig zu verstehen.

Sie betrachtete mich bei ihrer "Fragestunde" immer ganz intensiv, sie beobachtete meine Reaktionen. Im Lauf der Tage wurde sie zusehend ärgerlicher und unfreundlicher. Eines Tages sagte sie mit wütendem Blick zu mir: „Sag deinem Mann, wenn er heute nach Hause kommt, dass er sofort zu mir zu kommen hat".

Ich fragte mich, was ich falsch gemacht haben konnte. Warum war sie so wütend und unfreundlich zu mir? Was mochte sie nicht an mir?

Ich fühlte mich sehr unglücklich. Ich hatte irgendwie Angst vor Said, obwohl er nicht gemein zu mir war und mich ganz in Ruhe ließ.

Aber da war etwas, vor dem ich mich fürchtete.
Ich vermied es, mit ihm zu reden, wenn er abends nach Hause kam. Und ich versuchte, ihm möglichst aus dem Weg zu gehen. Wir hatten so gut

wie kein Wort miteinander gewechselt, obwohl seit der Hochzeit schon einige Tage vergangen waren.

Ich war schon mehr als eine Woche bei Said und seiner Familie, unglücklich, eingeschüchtert von den ständigen, prüfenden Blicken der Schwiegermutter. Es gab niemanden, mit dem ich hätte reden können oder wollen. Ich hätte gerne mit meiner Mutter gesprochen, aber sie wohnte weit weg und ich konnte sie nicht besuchen.

Dann passierte dass, vor dem ich instinktiv mich gefürchtet hatte.

In Somalia ist es Tradition, dass die kleinen Mädchen beschnitten werden. Das wird bei der großen Mehrheit der Mädchen gemacht, so häufig, wie in keinem anderen Land dieser Erde.

In Somalia ist die „pharaonische" Beschneidung auch heute noch weit verbreitet. Dabei werden nach der Beschneidung die Schamlippen bis auf ein kleines Loch zugenäht.

Es sind meistens ältere Frauen, die diese Prozeduren an den Mädchen durchführen. Eine medizinische Ausbildung haben diese Frauen in der Regel nicht. Die Arbeitsmittel sind häufig Rasierklingen und einfache Nähnadeln.

Es sterben immer wieder Mädchen bei diesen Eingriffen durch Infektionen oder durch Verbluten. Ganz viele müssen sich ein Leben lang mit der körperlichen Schädigung quälen.

Kurz vor oder gleich nach der Hochzeit wird die Naht aufgetrennt, das macht entweder wieder eine der älteren Frauen, die als Beschneiderin arbeitete, oder es macht die eigene Mutter oder die Schwiegermutter oder der Ehemann.

Meine Mutter wurde als kleines Mädchen von einer älteren Frau beschnitten und zugenäht. Ihre Mutter hatte dabei der alten Beschneiderin geholfen.

Auf die gleiche Art und Weise war auch ich als kleines Mädchen beschnitten worden.

Als Mädchen vom Land wusste man zwar nicht so genau, was da nach
der Hochzeit alles auf einen zukam, aber man kannte die traditionellen
Rituale und konnte in etwa erahnen, dass etwas ganz Unangenehmes
passieren würde.

Als Said an diesem Tag nach Hause kam, fing ihn seine Mutter gleich
ab. Beide hatten dann eine längere Unterredung. Was Said mit seiner
Mutter besprochen hatte, wusste ich nicht so genau. Aber er war sehr
verärgert, als er zu mir kam. Er sprach laut und wütend zu mir: „Warum
hast du meiner Mutter nicht gesagt, dass alles bei uns in Ordnung sei"?
herrschte er mich an.
Seine Mutter hatte in den letzten Tagen gesehen, dass ich mit seinen
jüngeren Schwestern gespielt und rumgetobt hatte, dass alles passte in
den Augen der Mutter nicht zu einer frisch verheirateten Frau.

Nach einiger Zeit beruhigte er sich und erklärte mir, was jetzt auf mich
zukommen würde. Seine Mutter hatte ihm wahrscheinlich Instruktio-
nen gegeben.

Das Auftrennen der Naht, mit der meine Vagina zugenäht worden war,
wollte er alleine vornehmen. Er wollte weder eine kundige alte Frau
noch seine Mutter dabei haben.
Ohne mich zu fragen, ob ich bereit für den Eingriff wäre, machte er die
Auftrennung.
Es tat fürchterlich weh, ein brennender Schmerz durchzuckte mich und

ich spürte und sah dann auch, dass ich heftig blutete. Said gab mir ein Tuch, mit dem ich das Blut stillen sollte. Er verließ dann das Haus, ohne sich weiter um mich und meine Schmerzen zu kümmern.

Ich konnte mich eine ganze Woche nicht richtig bewegen. Die Blutungen hatten zwar aufgehört, aber die Schmerzen kamen, sobald ich versuchte, mich aufzusetzen. Die meiste Zeit lag ich auf meiner Matte und fühlte mich so hilflos und alleine. Mir war ganz elend.

Wenn ich es dann endlich geschafft hatte, aufzustehen, dann verstärkten sich die ohnehin heftigen Schmerzen noch mehr. So lag ich denn alleine im Haus und konnte keine klaren Gedanken fassen. Ich war nur unglücklich und fühlte mich wie in einer anderen, unbarmherzigen Welt.

Said ließ mich während dieser Woche in Ruhe. Manchmal schaute er kurz nach mir, das war alles. Keine Worte oder freundliche Gesten.

Dafür kam seine Mutter täglich zu mir und brachte mir etwas zum Essen und zum Trinken. Sie sagte auch kaum etwas. Sie wirkte auf mich irgendwie zufriedener als vor dem Eingriff.
Saids ältere Schwester Nicma kam in dieser Woche ihre Eltern besuchen. Sie kam auch bei mir vorbei und schaute, wie es mir erging. Sie war freundlich und besorgt um mich. Mit ihr konnte ich über die Schmerzen reden und auch darüber, wie elend es mir ging und wie unglücklich ich war. Sie verstand mich, sie hatte vor gar nicht langer Zeit ähnliches bei ihrer Hochzeit erleben und ertragen müssen.

Nach etwas mehr als einer Woche kam Said zu mir und wollte mit mir reden. Er fragte, wie es mir gehen würde und ob ich noch Schmerzen hätte. Ich konnte und wollte aber nicht mit ihm reden. So saßen wir in dem Haus auf der Matte und schwiegen uns an.

All die Schmerzen, die ich in der Nacht durch Saids Eingriff erlitten hatte, würde ich in meinem Leben nie mehr vergessen können. Ebenso hatte sich das Gefühl der Hilflosigkeit, des Ausgeliefertseins fest in meinen Körper und meinen Geist eingebrannt.

In meinen Gedanken beschuldigte ich meine Mutter, weil sie mir nie etwas darüber gesagt hatte, was auf mich in einer meiner ersten Nächte mit Said zukommen würde. Vielleicht hätte ich mich in meinem Kopf etwas darauf vorbereiten können, wenn ich etwas gewusst hätte.

Ich hasste alle Menschen, meine Mutter zuerst.
Und Said, er war die Quelle meiner Schmerzen. Und seine Mutter, die meine Schmerzen und meine Hilflosigkeit zu genießen schien. Und die jüngeren Schwestern von Said, die kamen und mich baten, mit ihnen zu spielen, obwohl ich mich vor Schmerzen kaum bewegen konnte.

Ich wollte niemanden sehen, außer Nicma. Sie war die einzige, die mich verstand. Immer, wenn sie ihre Eltern besuchte, kam sie auch bei mir vorbei. Wir konnten miteinander reden, wir verstanden uns. Sie war auch die einzige, mit der ich darüber reden konnte, wie ich mich fühlte und wie es mir körperlich ging.
Selbst, nach dem ich mich körperlich erholt hatte, blieb ich meistens allein in dem kleinen Haus und mischte mich nicht unter Saids Familie. Ich fühlte mich dort nicht wirklich aufgenommen und willkommen. Auch spürte ich, dass ich dort immer auf das Genaueste beobachtet wurde, bei allem, was ich tat oder sagte.

Ich werde Mutter

Said lag jetzt nachts meistens mit mir auf einer Matte. Nach einigen Monaten war ich dann mit meinem ersten Kind schwanger.

Ich verstand nicht, was da in meinem Körper vor sich ging. Ich wollte aber auch Saids Mutter nicht fragen und meine Mutter konnte mich nicht besuchen kommen, da der Weg sehr weit war und sie Probleme beim Laufen hatte.
Ein bisschen halfen mir die Gespräche mit Saids Schwester Nicma.

Said sagte, dass er sehr glücklich darüber wäre, dass ich schwanger war und er erzählte es auch gleich allen Leuten. Saids Mutter war auch sehr zufrieden.

Zu meinen Eltern hatte ich schon länger keinen direkten Kontakt mehr. Sie wohnten zu weit weg und ich konnte sie nicht einfach mal so besuchen.
Außerdem mochte Said es nicht, wenn ich aus unserem Haus ging. Ich musste mich immer rechtfertigen, warum ich das Haus verlassen hatte und mit wem ich ins Dorf gegangen war.
Es war eine schwere Zeit für mich, mit den Veränderungen in meinem Körper und in meiner Stimmung während dieser ersten Schwangerschaft klar zu kommen. Alles war so neu und unbekannt für mich.

Es gab keine Unterstützung für mich von Saids Familie und Said selbst konnte mich mit meinen Stimmungsschwankungen nicht verstehen. Auch von ihm fühlte ich mich missverstanden und konnte von ihm keine Hilfe erwarten und bekommen.
Ich konnte mich nur mit Nicma austauschen. Sie verstand mich und mit

ihr konnte ich reden. Sie war zum zweiten Mal schwanger. Sie hatte bei sich alle Phasen der körperlichen Veränderungen mitgemacht und auch die Stimmungsschwankungen waren ihr bekannt. Ihre Entbindung würde einige Monate vor meiner Entbindung sein.

Nicma war etwas älter als ich und hatte ja schon die Erfahrung einer Schwangerschaft und einer Entbindung gemacht. Sie konnte mir manches erklären, was im Körper einer Frau im Verlauf der Schwangerschaft passiert. Das half mir in meiner Unwissenheit und beruhigte mich etwas.

Said akzeptierte nicht, dass ich alleine aus dem Haus gehen wollte. Dazu brauchte ich von ihm eine Erlaubnis oder jemand aus seiner Familie hätte mich begleiten müssen. Das galt auch für die Besuche bei seiner großen Schwester Nicma, ich konnte nicht einfach so zu ihr gehen.
In den letzten Wochen vor der Entbindung bin ich nicht mehr aus dem Haus gegangen. Ich hatte oft Rücken- und Unterleibsschmerzen.

Nach fast genau 9 Monaten habe ich dann meine erste Tochter zur Welt gebracht. Ich habe ihr den Namen Nicma gegeben, dem Namen von Saids großer Schwester. Said und seine Familie hatten keinen Vorschlag gemacht.

Die ganze Familie hatte einen Jungen erwartet und sie hatten auch schon mehrere Namen für das Kind vorbereitet. Da Said der einzige Junge in der Familie war, wollten sie unbedingt einen männlichen Nachwuchs haben. Vor allem Saids Mutter hatte sich sehr einen Enkel gewünscht.

Als bei mir die Wehen eingesetzt hatten, wurde schnell eine Hebamme aus dem Dorf geholt, die dann die ganze Zeit bei mir blieb. Saids Mutter war auch bei der Entbindung dabei. Als sie sah, dass das Neugeborene ein Mädchen war, verließ sie wortlos den Raum, in dem ich entbunden hatte.

Said und sein Vater warteten draußen vor der Tür.

Für mich war es gleich, ob mein erstes Kind ein Junge oder ein Mädchen war. Alles was ich fühlte, waren die Bewegungen in mir und all die Schmerzen und Leiden der Geburt.

Ich wollte nur, dass die Entbindung schnell vorbei sein würde und die Schmerzen dann aufhörten. Dann wollte ich mein erstgeborenes Kind in die Arme nehmen und meinen kleinen Engel zart an mich drücken und ganz lange festhalten.

Als die Hebamme mit ihrer Arbeit fertig war, ging sie aus dem Raum und teilte Said und seinem Vater mit, dass ich ein Mädchen geboren hatte.

Said brauchte sehr lange, bis er zu mir kam und seine kleine Tochter anschaute.

Saids Vater kam überhaupt nicht zu mir, er sagte kein Wort und wollte auch seine Enkelin nicht sehen und sie auch nicht begrüßen.

Glücklich waren außer mir nur Saids kleine Schwestern, sie freuten sich, als sie in den Raum kamen und das Neugeborene neben mir liegen sahen.

Da Said keinen weiblichen Vornamen vorbereitet hatte, nahm er meinen Vorschlag, den Namen seiner großen Schwester zu nehmen, ohne Diskussion an.

In den nächsten Tagen kamen meine Familie, mein Vater und meine Mutter, um mich zu besuchen und um das Neugeborene zu begrüßen.

Von meinen Eltern hatte ich lange Zeit nichts gehört, ich hatte keinerlei Nachricht darüber, wie es ihnen so ging und ob es in ihrem Zuhause zwischenzeitlich bedeutende Veränderungen gegeben hatte.

Ich hatte meine Eltern die ganze Zeit über sehr vermisst. Seit meinem Umzug in Saids Haus hatten wir nicht mehr miteinander gesprochen.

Ich hätte ihnen jetzt erzählen und erklären können, was ich alles erlebt und durchgemacht hatte, seit ich mein Elternhaus verlassen hatte.

Aber ich nahm mir vor, nicht alles zu erzählen, ich wollte vor allem meiner Mutter keine Sorgen machen. Ich wollte deshalb nur von positiven Dingen reden, um sie nicht zu beunruhigen. Sie hätte ja auch nichts machen können, um mir zu helfen und meine Situation hier in der Saids Familie konnte sie auch nicht verbessern. Da Mutter schlecht zu Fuß war, konnte sie mich auch nicht öfter besuchen, um sich meine Klagen anzuhören. Und ich durfte sie alleine nicht besuchen und konnte ihr deshalb nicht von meinen Problemen berichten und mit ihr darüber reden.

Die räumliche Entfernung und die Tatsache, dass wir uns seit mehr als einem Jahr nicht gesehen und gesprochen hatten, schuf eine Distanz zwischen mir und meiner Mutter.
Es war so, als ob eine Mauer zwischen uns stehen würde. Ich konnte mich ihr gegenüber plötzlich nicht mehr so ausdrücken wie früher, ich konnte nicht mehr sagen, was ich auf dem Herzen hatte und was mich bewegte. Es war alles so anders als zuvor, irgendetwas hatte eine Blockade zumindest bei mir errichtet.

Der Besuch von Vater und Mutter dauerte nicht so lange. Vater war eigentlich nur recht kurz bei mir, dann ging er zu Said und dessen Vater. Mutter blieb über mehrere Stunden bei mir.

Dann mussten sich beide aber auf den langen Rückweg machen, denn sie wollten noch vor Sonnenuntergang wieder zu Hause sein.

Natürlich war ich glücklich darüber, meine Eltern bei guter Gesundheit zu sehen und mit ihnen reden zu können. Ich freute mich, dass es ihnen recht gut ginge.

Aber ich war auch sehr traurig, als sie wieder weg waren. Erinnerungen an meine Zeit bei Vater und Mutter und meinen Brüdern tauchten auf, verbunden mit Schmerzen in meinem Herz über meine jetzige Situation.

Mein Leben fand jetzt fern von meinem Elternhaus statt. Ich lebte jetzt an einem anderen Ort, mit mir mehr oder weniger vertrauten Personen zusammen.

Das war mein aktuelles Leben. So verging Jahr für Jahr.

Ich wurde wieder schwanger und nach meiner ersten Tochter Nicma gebar ich wieder ein Mädchen. Und im Jahr darauf brachte ich erneut eine Tochter zur Welt.

Ich hatte jetzt drei Mädchen geboren. Saids Familie reagierte jedes Mal, wie beim ersten Kind. Sie waren überhaupt nicht zufrieden damit, dass ich nicht für einen männlichen Nachkommen sorgte. Sie freuten sich nicht darüber, dass die Neugeborenen alles gesunde Mädchen waren.

Said reagierte wie seine Familie. Er war nicht glücklich darüber, dass ich keinen Sohn zur Welt brachte. Er redete wenig mit mir, aber er zeigte mir deutliche seine Unzufriedenheit.

Wenigstens meine Eltern freuten sich über die Enkelinnen, sie kamen mich nach jeder Entbindung besuchen.

Meine Mutter fragte mich jedes Mal, ob es mir auch gut gehen würde. Sie hatte mittlerweile auch bemerkt, dass Said und seine Familie unbedingt einen Jungen wollten. Und auch, dass sie nicht glücklich darüber waren, dass ich nur Mädchen zur Welt gebracht hatte.

Ich sagte dann immer zu ihr, dass alles gut in meinem Leben wäre. Ich wollte sie nicht beunruhigen.

Auch, wenn die Außenwelt unfreundlich zu mir war, ich hatte ja meine kleinen Töchter. Ich kümmerte mich sehr um sie, sang ihnen Lieder vor, wiegte sie in den Schlaf und freute mich einfach darüber, wie sie groß wurden und damit begannen, unsere kleine Welt zu entdecken.

Ungefähr nach einem Jahr und sechs Monaten nach meiner letzten Geburt wurde ich wieder schwanger. Jede Schwangerschaft ist anders, mal mehr, mal weniger beschwerlich und anstrengend.

In meiner ersten Schwangerschaft war alles neu für mich, was in meinem Körper passierte. Aber ich war damals alleine und hatte ausreichend Zeit für mich, um dass, was sich da entwickelte zu beobachten und die Veränderungen in mir zu spüren. Aber schwanger zu sein und sich gleichzeitig um drei kleine Kinder zu kümmern, das war ganz schön schwer und Kräfte zehrend. Trotzdem kümmerte ich mich alleine um die Mädchen und um das Haus, ohne Hilfe von außen.

Meine Schwiegermutter wurde immer gemeiner zu mir. An allem, was ich machte, kritisierte sie herum. Sie hatte immer etwas zu meckern, ich konnte in ihren Augen nichts richtig machen. Wenn irgendetwas nicht gut lief, dann war ich immer schuld.

Auch ihre kleinen Töchter schlugen sich jetzt auf ihre Seite. Sie hörten auf die Worte ihrer Mutter und glaubten alles, was sie ihnen sagte.

Die Schwiegermutter war nur nett zu mir, wenn ihr Sohn Said oder ihr Mann da waren. Dann hatte sie sogar manchmal ein freundliches Wort für mich übrig.
Da die beiden Männer aber meistens unterwegs waren, war sie oft gemein zu mir.

Ich erzählte Said nicht, wie mich seine Mutter behandelte, wenn er nicht da war. Ich wusste, dass er seine Mutter sehr liebte und sie respektierte. Er hätte nie etwas gegen seine Mutter gesagt oder ihr widersprochen.

Ich wollte keine Probleme zwischen Said und seiner Mutter hervorrufen, deshalb blieb ihm gegenüber stumm.

Während meiner vierten Schwangerschaft sagte die Mutter von Said immer wieder: „Es wird ein Junge, ich fühle es ganz deutlich".

Aber das hatte sie vorher auch immer gesagt, wenn ich schwanger war.

Vielleicht wollte sie ja auch nur wieder mal deutlich machen, wie sehr sie sich einen Jungen wünschte und was sie von mir erwarten würde.

Said hörte gerne die Worte seiner Mutter und er hoffte darauf, dass sie sich erfüllen würden. Er wollte endlich einen Sohn haben.

Bei mir war es ähnlich, wie bei den vorherigen Schwangerschaften. Ich hatte keinen großen und bedeutsamen Unterschied feststellen können.

Bei der Entbindung war die Hebamme, die bei allen meiner Entbindungen geholfen hatte, wieder an meiner Seite. Das gab mir ein vertrautes

Gefühl und ich wusste mich in erfahrenen Händen. Wie jedes Mal, so saß auch diesmal wieder Saids Mutter nebendran.

Als das Neugeborene auf die Welt kam, sah die Hebamme als erste, dass es ein Junge war. Sie war glücklich darüber und freute sich über die komplikationslose Entbindung.

Als Saids Mutter hörte, dass ich einen Sohn geboren hatte, konnte sie erstmals nicht sagen. Vor Freude und Aufregung fehlten ihr die Worte, sie verlor das Bewusstsein und fiel einfach um.

Nachdem die Hebamme mir meinen Sohn in meine Arme gelegt hatte, half sie meiner Schwiegermutter, sich wieder aufrecht neben mich zu setzen.

Ich war sehr glücklich als ich meinen Sohn, auf den alle so sehr gewartet hatten, in meinen Armen halten konnte.
Ich freute mich über die Gesundheit des Jungen und dass wir beide die Geburt gut überstanden hatten Und ich freute mich auch darüber, den langersehnten Wunsch von Said und seiner Familie erfüllt zu haben. Ein Familientraum wurde mit der Geburt meines Sohnes wahr.

Said war natürlich überglücklich, als er hörte, dass ich einen Sohn geboren hatte.
Alle waren sehr glücklich und erfreut und sie fragten sogar nach dem Namen des Kindes.

Zu unserer Tradition gehört es, dass die Namen der Neugeborenen von den Großeltern vorgeschlagen werden.
Saids Vater, also der Großvater meines Sohnes hatte bereits einen Namen vorbereitet, er wollte seinen Enkel Mohamed nennen.

Saids Mutter, also die Großmutter, war mit diesem Namen einverstanden.
Said fand den Namen auch gut und ich konnte mich auch gut darauf einlassen.

Alle im Haus behandelten mich seit der Geburt des Jungen wie eine Königin. Wirklich alle, mein Schwiegervater, meine Schwiegermutter, mein Ehemann und auch seine Schwestern. Die ganze Familie war ständig um mich herum, sie halfen mir bei allem, was zu tun war. Sie bereiteten die Mahlzeiten vor, sie machten das Haus sauber und kümmerten sich auch um meine kleinen Töchter. Ich konnte mich vollkommen um meinen Sohn Mohamed kümmern.

40 Tage nach der Geburt eines Kindes wird traditionell ein Fest ausgerichtet.
Wenn ein Junge geboren wurde, dann werden zwei Schafe geschlachtet, bei der Geburt eines Mädchens wird nur ein Schaf geschlachtet.

Ein Teil von dem Fleisch wird an die Nachbarn und an ärmere Menschen verschenkt, aus dem größeren Teil werden leckere Speisen für die Feiernden zubereitet.
Für die Kinder werden Süßigkeiten gemacht und sie werden damit beschenkt.

Bei so einem Fest machen die Kinder aus dem Dorf einen Umzug. Dabei trägt ein Erwachsener das Neugeborene an der Spitze und führt den Umzug an. Wer das Kind tragen darf, wird im Familienkreis festgelegt. Ist das Neugeborene ein Junge, dann trägt ihn ein Mann, wurde ein Mädchen geboren, dann wird es von einer Frau getragen.

Wer Träger oder Trägerin ist, wird im Kreis der Familie bestimmt. Es soll jemand sein, der das Kind in seinem weiteren Leben als Vorbild begleiten soll.

Nach der Geburt meiner Töchter wurde jedes Mal nur ein ganz kleines Fest gefeiert, eigentlich war das gar keine richtige Zeremonie.

Bei der Zeremonie für Mohamed waren alle aus der Familie zusammmen gekommen. Alle waren da, hauptsächlich Frauen und Kinder. Sie zeigten mir, wie sie sich freuten und gratulierten uns, also den Eltern und den Großeltern, zur Ankunft eines Sohnes in der Familie.

Auch Said hatte sein Verhalten mir gegenüber verändert. Vorher war er tagsüber immer weg, er kam nur zum Essen und zum Schlafen nach Hause. Ansonsten verbrachte er die Zeit in der Moschee oder sonst wo. Wo, wusste ich nicht, denn wir redeten nicht viel miteinander. Ich wusste auch kaum etwas aus seinem Leben. Ich war schon daran interessiert, mehr über ihn zu erfahren. Aber ich fragte ihn auch nicht.

Nach der Geburt unseres Sohnes fing er an, länger im Haus zu bleiben, länger als in der Zeit zuvor.

Er verbrachte Zeit mit seinem Sohn, er betrachtete ihn, nahm die kleinen Finger in seine Hand und summte ihm leise traditionelle Melodien vor.

Und er spielte jetzt tatsächlich auch manchmal mit unseren Töchtern. Das war alles recht neu und ungewohnt für die Mädchen und für mich.

Er war insgesamt freundlicher und offener und präsenter als früher.

Said begann auch, mir aus seinem Leben zu erzählen, bevor wir uns kennenlernten. Aus seinen Erzählungen habe ich mehr von seiner Lebensgeschichte verstanden.

Ich habe verstanden, dass er mich heiraten musste, um Kinder und vor allem Söhne zu bekommen.

Das war der große Wunsch seiner Eltern und der gesamten Familie gewesen und dem konnte und durfte er sich nicht widersetzen.

Mir fiel es schwer, mit ihm über mein Leben zusprechen und ihm meine Lebensgeschichte zu erzählen. Ich konnte ihm auch nichts über meine Wünsche und Sehnsüchte sagen, mir kamen keine passenden Worte über die Lippen.

Auch wenn er jetzt freundlich und zugewandt war, er war mir immer noch sehr fremd.

Nach der Geburt unseres Sohnes fing er auf jeden Fall an, mich und unsere Kinder in sein Leben aufzunehmen und sich mehr um uns zu kümmern.

Von meiner Seite her war es trotz allem schwer, mein Leben mit ihm und seiner Familie, so wie es jetzt war, zu akzeptieren. Aber ich musste mich damit arrangieren und alles wegen meine Kinder ertragen.

Auch wenn Saids Familie jetzt netter zu mir war als je zuvor, fühlte ich mich in der Familie nicht aufgenommen. Ich fühlte nicht, dass ich als Frau akzeptiert und als Mensch geachtet wurde.

Ich hatte zu viel von den negativen Eigenschaften dieser Familie erlebt und ertragen müssen und aufgrund dieser Erfahrungen bewertete ich alles, was Said zu mir sagte.

Ich war in der Familie nur akzeptiert, weil ich einen Sohn geboren hatte. Als Mutter von drei Mädchen hatte ich keinen Platz in der Familie bekommen.

Ich fragte mich, wie diese Familie reagiert hätte, wenn ich statt des Sohnes wieder eine Tochter zur Welt gebracht hätte.

Die Beschneidung

Es war ungefähr ein Jahr seit der Geburt meines Sohnes Mohamed vergangen. Meine Kinder entwickelten sich alle gut. Ich freute mich auf jeden Tag, um mit ihnen neue Dinge zu erleben und zu sehen, wie sie unsere kleine Welt entdeckten.

Wir hatten unsere festen Tagesabläufe, ich stand immer zuerst auf, dann Said. Er verließ das Haus früh, meistens ohne Frühstück und ging dann zu seiner Arbeit in die Moschee.

Die Mädchen wachten eine nach der anderen auf, zwischen drin meldete sich Mohamed, aber manchmal war er auch der Letzte, der aufwachte.

Ich wusch die Kinder und dann mich und anschließend gab es ein gemeinsames Frühstück.

Im Anschluss daran räumte ich auf und spülte die Becher und die Teller ab Die Mädchen halfen mir bei diesen Arbeiten, so gut, wie sie es mit ihren kleinen Händen schon machen konnten.

Dann wurde das ganze Haus ausgefegt, denn der Wind brachte immer wieder einen feinen Sandstaub ins Haus, der sich überall verteilte.

Wir sangen bei unseren Arbeiten und hatten viel Freude miteinander.

Eines Morgens, der wie jeder andere Morgen begonnen hatte, kam Saids Mutter zu mir ins Haus. Das war ungewöhnlich, denn eigentlich kam sie nur noch ganz selten zu mir, wenn ich mit den Kindern alleine war.

Said und sein Vater waren bereits zur Arbeit gegangen.
Wir waren gerade beim Frühstück, ich fütterte meinen kleinen Sohn Mohamed, die Mädchen konnten schon alleine essen.

Saids Mutter setzte sich neben mich und kam gleich auf den Grund ihres Besuches zu sprechen.

Sie sagte mit ihrer harten Stimme, deren Klang eigentlich schon keinen Widerspruch duldete, zu mir: „ Es ist an der Zeit, die Mädchen zu beschneiden".

Ich war zunächst total überrumpelt von ihren Worten, denn mit so etwas hatte ich überhaupt nicht gerechnet.

Ich musste kurz schlucken und dann fragte ich: „ Welche Mädchen meinst du"?

Sie schaute mich zunächst verständnislos an und dann sagte sie: „ Für meine kleinen Enkelinnen ist jetzt die richtige Zeit für die Beschneidung. Besonders die Ältere ist jetzt im richtigen Alter, aber wir machen es bei allen gleichzeitig".

Ich musste mich erst sammeln, dann konnte ich ihr antworten: „ Ich glaube nicht, dass jetzt die richtige Zeit für die Beschneidung der Mädchen ist, aber ich werde es mit dem Vater der Kinder besprechen".

Die Beschneidung von Mädchen hat in Somalia eine lange Tradition. Diese Tradition existiert schon viele Jahrzehnte und Jahrhunderte und Generation für Generation hält sich daran. Niemand weiß so genau, warum das so ist und kaum jemand stellt die Beschneidung von Mädchen in Frage.

Wenige Frauen wollten Antworten auf das „Warum" der Beschneidung haben, viele sahen es als normal an, dass so etwas bei den Mädchen durchgeführt wurde.

Und viele Frauen hatten und haben immer noch keine Wahl, als es stumm zu akzeptieren.

Ich wollte nicht so wie die meisten anderen Frauen sein und so denken. Ich wollte meine Töchter nicht beschneiden lassen. Sie sollten nicht das gleiche Schicksal erleiden und erdulden müssen, wie ich es als ihre Mutter habe erleben müssen. Und das auch meine Mutter und die Mutter von Said und alle anderen Frauen unserer Familien hatten erfahren und ertragen müssen.

Saids Mutter schaute mich weiter an. Sie sah in meinen Augen, wie es in mir brodelte und wie meine Gedanken zum Widerstand aufriefen.

Sie stand auf, ging in Richtung zur Tür und blieb kurz davor stehen. Dann sagte sie zu mir: „ Es lohnt sich nicht, mit Said darüber zu reden. Ich habe schon mit der Frau gesprochen, die die Beschneidung machen wird. Mit ihr habe ich bereits einen Termin für alle drei Mädchen für die nächste Woche ausgemacht".

Ich war zunächst geschockt von dieser Ankündigung, dann wurde ich wütend. Ich sagte aber nichts mehr zu Saids Mutter, ich warf ihr nur noch zornige Blicke hinterher, als sie zur Tür hinausging.

Ich war den ganzen Tag aufgeregt, in meinem Kopf gab es nur das eine Thema. Ich wartete voller Ungeduld auf den Zeitpunkt, an dem Said von der Arbeit nach Hause kommen würde. Da er seit einiger Zeit freundlicher und verständiger war als zuvor und da er sich auch mehr um unsere Töchter kümmerte und sich für ihr Leben interessierte, hoffte ich sehr, dass er meinen Standpunkt zu diesem Thema verstehen würde. Und mir hoffentlich beistehen würde.

Wie an fast allen anderen Tagen kam Said auch an diesem Tag zur gewohnten Zeit nach Hause. Ich beschloss, mit meinen Fragen an ihn ein bisschen zu warten, bis er sich etwas ausgeruht hatte. Ich dachte mir, dann könnten wir besser miteinander sprechen.

Nach dem Essen setzte Said sich zwischen unsere Kinder und plauderte mit ihnen. Ich sah ihnen dabei zu und freute mich darüber. Nach einer Weile setzte ich mich direkt neben ihn, um darüber zu reden, was heute Morgen zwischen seiner Mutter und mir passiert war.

Ich begann ihm zu erzählen, dass seine Mutter mich und die Kinder in unserem Haus besucht hatte, um mit mir über unsere Töchter zu reden. Ich sagte ihm alles, was seine Mutter heute zu mir gesagt hatte. Auch, dass sie bereits eine Vereinbarung mit einer Beschneiderin getroffen hatte.

Said unterbrach mich bei meinem Bericht. Er sagte, dass er bereits alles wüsste. Er hatte schon mit seiner Mutter gesprochen und war deshalb über das Gespräch zwischen ihr und mir bereits informiert.

Ich hatte den ganzen Tag nur das morgendliche Gespräch mit Saids Mutter im Kopf und konnte an nichts anderes mehr denken. In meinem Kopf drehte sich alles um die von ihr ausgesprochenen Worte.

Ich war empört und aufgeregt und deshalb hatte ich total vergessen, dass Said immer zuerst zu seiner Familie ging, wenn er von der Arbeit nach Hause kam. Er besprach sich immer zuerst mit seiner Mutter, auch um zu hören, ob alles aus ihrer Sicht in Ordnung wäre.
Anschließend kam er dann zu uns in sein eigenes Heim.
Auch morgens, wenn er uns verließ, schaute er immer erst bei seinen Eltern vorbei, bevor er zur Moschee ging.

Ich saß jetzt ganz aufgeregt neben ihm.

Ich atmete tief durch, denn ich wusste, dass es sehr schwierig werden würde, ihn von meiner Meinung zu überzeugen, nachdem er bereits zuvor mit seiner Mutter geredet hatte und ihren Standpunkt kannte.

Ich schilderte ihm trotzdem das ganze Gespräch vom Morgen und sagte ihm auch, dass ich überhaupt nicht einverstanden wäre mit dem, was seine Mutter für unsere Töchter geplant hatte.

Und ich fragte ihn ganz direkt: „ Was denkst du denn? Wie ist denn deine Meinung zur Beschneidung? Welche Entscheidung willst du für unsere Töchter treffen"?

Said antwortete mir darauf: „ Das alles ist Frauensache, da mische ich mich nicht ein. Meine Mutter weiß ganz genau, was richtig ist. Sie weiß es besser, als ich es wissen kann. Die von meiner Mutter getroffene Entscheidung ist am besten für die Mädchen, da bin ich mir ganz sicher".

Ich war sauer auf ihn und auf seine Antwort, aber ich versuchte trotzdem ruhig zu bleiben und mit ihm zu reden.

Ich sagte ihm ganz deutlich mit fester Stimme, dass ich damit nicht einverstanden wäre. Auf gar keinen Fall!

Es ginge hier um meine Töchter. Es ginge um meine Kinder und ich als ihre Mutter wüsste am besten von allen, was gut für sie wäre.

Ich bemerkte, dass er nicht weiter mit mir über dieses Thema reden wollte, an seiner Mimik konnte ich sehen, dass er mir gar nicht richtig zugehört hatte. Er wollte seine Ruhe haben und nichts mehr von mir zu diesem Thema hören.

Ich beschloss trotzdem, ihm von meinen eigenen Erfahrungen zu erzählen. Ihm zu erklären, dass viele Frauen wegen der Beschneidung ein Leben lang leiden müssten.

Ich berichtete ihm, wie sehr ich selbst unter seelischen und körperlichen Schmerzen gelitten hatte und immer noch leiden würde.

Said saß weiterhin neben mir und tat so, als ob er mir zuhören würde. Aber wie bereits zuvor, merkte ich, dass er mir nicht richtig zuhörte. Für ihn war das Thema abgeschlossen und er wollte sich nicht weiter damit beschäftigen. Das zeigte er mir auch ohne Worte.

Die Erinnerung an mein eigenes Leid und die Wut, die Empörung und die Ohnmacht über Saids Verhalten brachten mich zum Weinen.

Ich hatte darauf gehofft, dass er mich verstehen würde. Dass der Anblick seiner kleinen Töchter ihn dazu bewegen würde, ihnen das gleiche Schicksal zu ersparen, dass ich als ihre Mutter erlitten hatte. Dass er zumindest darüber nachdenken würde.

Ich konnte nicht mehr weiter auf ihn einreden. Mir fehlten Worte, die er hören würde und die auf ihn wirken würden.
Ich konnte auch nicht mehr neben ihm sitzen bleiben. Ich ging aus dem Raum, auch um ihm Zeit für seine Gedanken und Reaktionen zu lassen.

Draußen konnte ich mich langsam etwas beruhigen und über die ganze Situation nachdenken.
Ich wollte nicht aufgeben. Meine Gedanken wurden klarer, ich beschloss, anders mit ihm zu reden.
Ich ging zurück ins Haus, um Said mit anderen Worten die ganze Tragik und die Folgen einer Beschneidung zu schildern.

Ich habe auf allen mir bekannten Wegen versucht, ihm verständlich zu machen, um was es mir ging. Von allen Seiten betrachtet, schilderte ich ihm die grausamen Praktiken der Beschneidung.

Ich versuchte, ruhig mit ihm zu reden. Er reagierte nicht auf meine eindringlichen Worte.
Mich überwältigten meine Gefühle, ich schrie, ich weinte.
Ich ärgerte mich über ihn. Ich ärgerte mich aber auch über mich selbst.

Das Gefühl der Resignation schlich sich bei mir an.

Said saß weiter ruhig neben mir und wiederholte immer wieder, ich sollte mit seiner Mutter reden. Er würde nur die Entscheidung von ihr akzeptieren.

Ich musste mich mit seiner Meinung und seinem Verhalten abfinden. Mir blieb keine andere Wahl, bei ihm kam ich nicht weiter. Weiter mit ihm zu reden, hatte überhaupt keinen Sinn. Es würde mich nur weiter an den Rand der Verzweiflung bringen. Und Erfolg hätte ich mit einer fortgesetzten Diskussion sicherlich nicht, eher das Gegenteil. Eine erdrückende Niederlage würde mich endgültig zu Boden werfen.

Ich wollte und musste aber weiter für das Wohl meiner Töchter kämpfen. Eigentlich hatte ich keine große Hoffnung, trotzdem beschloss ich, ein weiteres Gespräch mit der Mutter von Said zu suchen.

Unsicher und ganz schön ängstlich ging ich in das Haus meiner Schwiegereltern.
Saids Mutter war alleine. Sie hörte mir zunächst auch zu. Ich war ganz vorsichtig mit meinen Worten, ich bekräftigte, dass ich sie als erfahrene Frau, Schwiegermutter und Oma meiner Kinder doch sehr respektieren

würde.

Ich versuchte, ihr meine Sicht der Dinge darzulegen. Ihr zu schildern, welche Leiden und Schwierigkeiten durch eine Beschneidung den Mädchen und Frauen entstehen würden. Ihr aufzuzeigen, dass die Frauen ein ganzes Leben lang mit den körperlichen und seelischen Schmerzen belastet sein könnten.

Ich dachte mir immer wieder, dass sie doch eine Frau war und dass sie die Oma meiner kleinen Töchter war. Dass sie doch die kleinen Mädchen nicht leiden sehen wollte. So, wie alle Frauen kein Leid in ihren Familien sehen wollten. Auch in unserer Familie wollte keine Frau Schmerzen und Trauer in der eigenen Familie erleben.

Nachdem ich alles gesagt hatte, was ich für wichtig hielt und was mir auf meiner Seele brannte und ich alle Aspekte benannt hatte, war ich leer und erschöpft.

Ich hatte keine weiteren Worte mehr, mein Kopf fühlte sich ganz dumpf an.

Saids Mutter antwortete mir, ohne darauf einzugehen, was ich ihr zuvor alles gesagt hatte. Ihre Worte waren hart, kurz und knapp. Alles, was sie sagte, war so gefühllos und ohne jegliche Empfindungen für meine Töchter und für mich.

Ich hatte das Gefühl, dass sie bereits entschieden hatte, an ihrem Vorhaben festzuhalten. Da half auch kein Gespräch mehr, sie hatte entschieden und ich hatte das zu respektieren.

Ich war deprimiert und traurig. Die Art und Weise, wie sie mit mir sprach und wie sie mir aufzeigte, dass ich hier nichts zu bestimmen hätte, drückten mich auf den Boden.

Sie war so gemein und verletzend mit ihren Worten, dass ich nichts mehr sagen konnte.

Ich erinnere mich besonders an ihren letzten Satz, den ich mein ganzes

Leben lang nicht vergessen werde.

Ich zog mich innerlich zurück. Ich beendete meine Versuche ihr Erklärungen zu meinem Standpunkt zugeben, nachdem ich diesen Satz gehört hatte. Ich sagte mir, es hat überhaupt keinen Sinn und es lohnt sich nicht, mit jemanden zu diskutieren, der so denkt wie sie.

In meinen Augen war sie eine alte Frau, gefangen in den kulturellen Traditionen, die sie ohne Nachdenken einfach übernommen hatte.

Ihr letzter Satz hat sich fest in meinen Kopf verankert. Sie sagte zu mir: „Ich habe in meinem Leben die Qualen der Tradition erleiden und erdulden müssen, meine Töchter ebenfalls und du auch. Auch deine Töchter werden alles erleiden und ertragen müssen, daran wirst du nichts ändern. Du wirst unsere traditionellen Regeln nicht umstoßen".

Nach dem Treffen mit Saids Mutter ging es mir richtig schlecht. Ich war zu gleich traurig, wütend, deprimiert und vor allem so hilflos.
Ich hatte nur noch den einen Gedanken im Kopf, meine Töchter vor der Beschneidung zu retten und ihnen viel Leid und große Qualen zu ersparen.

Ich wusste nicht, was ich noch machen konnte. Ich wusste auch nicht, mit wem ich über diese Situation hätte reden und um Rat fragen können.
Mit Said und seiner Mutter hatte ich ohne jeden Erfolg geredet. Sollte ich eventuell noch mit Saids Vater sprechen? Er war immer sehr wortkarg, er redete nicht viel und vielleicht hatte er zu vielen Dingen auch keine eigene Meinung. Sicherlich würde er mir das sagen, was ich schon von Said gehört hatte, nämlich, dass das alles nur Frauensache wäre und

sie als Männer würden sich da raushalten Außerdem würde er nie seiner Frau widersprechen und mit einer eigenen Meinung ihr widerstehen können.

Ich ging in meinen Gedanken alle Personen in unseren Familien durch, die ich etwas besser kannte und die auch mich näher kannten.

Vielleicht konnte die große Schwester von Said, Nicma, mir zur Hilfe kommen. Vielleicht konnte sie mit ihrer Mutter sprechen und sie davon überzeugen, dass eine Beschneidung der Mädchen nicht von ihr alleine bestimmt und festgelegt werden konnte. Und das dieses traditionelle Handeln nicht immer und nicht von allen immer übernommen werden musste.
Aber eigentlich glaubte ich nicht wirklich daran, dass Nicma etwas für mich ausrichten konnte.
Auch sie hatte große Angst vor ihrer Mutter und würde keine zwei Worte gegen sie sagen.
Es hatte also keinen Sinn, Nicma um Hilfe und um Beistand zu bitten.
Ich dachte auch an meine ursprüngliche Familie, meine Mutter und mein Vater kamen mir in den Sinn. Vielleicht konnte ich sie um Hilfe bitten, vielleicht konnten sie etwas für meine Töchter und für mich machen.

Nach längerem hin und her Grübeln schlug ich mir diese Gedanken aus dem Kopf. Mir wurde bewusst, dass meine Eltern nichts mehr ausrichten konnten.

Zur somalischen Tradition gehört nämlich, dass immer die Familie des Ehemanns, über das Schicksal der jungen Familie entscheidet. Wenn ein Paar eine Familie gegründet hat, dann entscheiden immer der Ehemann und seine Ursprungsfamilie über das Schicksal der Kinder.
Die Familie, aus der die Ehefrau stammt, hat mit der Hochzeit ihren

Einfluss auf ihre Tochter und deren Kinder an die Familie des Ehemanns abgegeben.

Ich konnte nachts nicht mehr schlafen und tagsüber kam ich mit meinen Hausarbeiten kaum voran. Die Gedanken an dass, was da an stand und was von Saids Familie bestimmt worden war und jetzt ausgeführt werden sollte, lähmten mich.
Ich war ständig am Überlegen, was ich noch machen konnte. Ich suchte in meinem Kopf nach Wegen, wie ich die Beschneidung verhindern konnte.
Die Gedanken kreisten in meinem Kopf. Immer und immer wieder, ohne einen Ausweg zu finden, ohne eine Lösung für diese Situation zu erkennen.

Ich war enttäuscht und sauer auf alle Menschen, weil es niemanden gab, der mir zur Seite stand und mich unterstützen wollte und konnte.

Ich ging in den nächsten Tagen allen aus dem Weg, noch mehr als zuvor. Vor allem mied ich Saids Mutter.
Ich wollte keinen aus der Familie mehr sehen und mit niemanden reden.

Der Tag, an dem die alte Hebamme kommen und die Beschneidung bei den Mädchen machen sollte, rückte unaufhaltsam näher.
Ich hatte in der Woche vor dem von Saids Mutter festgelegten Termin in meinem Kopf nur Platz für die Gedanken an die anstehenden Qualen und Leiden meiner Töchter. Ich musste die Beschneidung und die damit verbundenen Folgen verhindern.

Ich nahm meinen ganzen Mut zusammen, ich wollte und durfte nicht aufgeben. Ich beschloss, Widerstand zu leisten. Ich würde nein sagen. Ich würde mich schützend vor meine Mädchen stellen. Und dann würde ich sehen, was passieren würde. Was die anderen dann machen würden.

Dann kam der Tag, der für die Beschneidung festgelegt worden war.
Die alte Hebamme kam, wie mit Saids Mutter vereinbart.
Ich hatte die ganze Nacht wach gelegen, ich hatte nicht schlafen können.
Die Gedanken rasten durch meinen Kopf, ich hatte das Gefühl, wahnsinnig zu werden.
Ich bebte vor Anspannung und Aufregung.

Jeden Morgen kurz vor Sonnenaufgang wachte Said auf. Er begann jeden Tag immer mit Beten und anschließend ging er dann zu seiner Arbeit in die Moschee.
So auch an diesem Tag.

Ich hatte ja die ganze Nacht wach gelegen und nicht geschlafen. Ich hatte viel gegrübelt und mir dann in meine Gedanken festgelegt, was ich ihm an diesem Morgen sagen wollte.
Ich wartete, bis Said das Beten beendet hatte und das Haus verlassen wollte. Ich stellte mich in die Tür, so konnte er nicht rausgehen, ohne mich anzuhören.

Ich sagte ihm, dass ich es nicht akzeptieren würde, dass die Mädchen vor meinen Augen beschnitten würden.
Aufgeregt und innerlich bebend sagte ich zu ihm, dass ich mich heute vor den Augen der ganzen Familie, seiner Mutter widersetzen würde.

Das wäre ich meinen Töchtern schuldig!

Said war zunächst überrascht von mir und meinen Worten. Dann aber antwortete er mir in einem ganz ruhigem Ton: „ Das darfst du nicht. Du darfst dich meiner Mutter nicht widersetzen. Du darfst ihre Entscheidungen und ihre Anordnungen nicht missachten. Wenn du es trotzdem machen wirst, dann ist es vorbei mit uns. Dann müssen wir uns trennen".

Ich war total aufgeregt und aufgewühlt.

Ich antwortete ihm: „Es ist bereits vorbei mit uns. Ich nehme meine Kinder heute mit. Bevor deine Familie aufwacht, werde ich das Haus schon verlassen haben. Ich werde meine Kinder nehmen und mit ihnen zu meinen Eltern gehen".

Said sah mich an, er versuchte zu lächeln und antwortete mir gleich darauf: „ Du hast dieses Haus alleine betreten. Wenn du dich jemals entschließen würdest, dieses Haus zu verlassen, dann müsstest du alleine gehen.

Die Kinder bleiben hier!

Du müsstest alleine ohne Kinder gehen und du würdest niemals wiederkommen können, um deine Kinder zu sehen.

Vergiss deine Gedanken, sonst verlierst du deine Kinder für immer".

Ich stand wie gelähmt an der Tür. Ich war geschockt von Saids Worten. Ich wusste nicht, was ich auf diese brutale Ankündigung antworten konnte. Das war alles so gefühllos, so verletzend so wenig darauf eingehend, wie wichtig dieses Thema für mich war.

Said ging dann ohne weitere Worte an mir vorbei. An der Türschwelle blieb er noch einmal kurz stehen. Er schaute mich an und sagte dann zu mir, ich sollte brav sein und keine dummen Sachen machen, wie Kinder es manchmal täten.

Dann ging er hinaus, um seinen Vater zum Morgengebet in die Moschee zu begleiten.

Ich hatte nicht viel drüber nachgedacht, welche Folgen mein Handeln nach sich ziehen würde. Ich wusste nur, dass ich meine Kinder nicht Saids Mutter überlassen würde. Ich musste alles tun, um so etwas zu verhindern.

Saids Worte verfehlten ihre Wirkung bei mir nicht. Ich wurde unsicher in dem, was ich mir für die Kinder und für mich ausgedacht und geplant hatte.

Trotzdem musste ich die Beschneidungen verhindern und ich musste Zeit gewinnen, um neu planen und um eine neue Entscheidung treffen zu können.
Klar war für mich, dass ich meine Töchter mitnehmen musste, um sie vor der Beschneidung zu retten. Wohin ich mit den Kindern würde gehen können, wusste ich nicht. Auf jeden Fall weit weg von hier. Dorthin, wo uns niemand suchen würde. Ich hatte aber im Moment keine guten Ideen und fand keine Lösung für mein Vorhaben.

Ich musste erstmal Zeit gewinnen. Ich ging ins Haus zu Saids Mutter und bat sie, einen anderen Termin für die Beschneidungen zu vereinbaren. Ich sagte ihr, die Mädchen wären ein bisschen krank und hätten schlecht geschlafen.
Saids Mutter lehnte meine Bitte, ohne mir eine richtige Antwort zugeben, rundum ab.
Sie sagte nur ganz kurz, ich sollte die Mädchen auf das, was jetzt kommen würde, vorbereiten. In ihrem Haus wäre bereits alles für die Beschneidungen gerichtet.
Ich fühlte mich so ohnmächtig gegenüber Saids Mutter, ich sah keinen Ausweg für meine Töchter und für mich.
Ohne jegliches Mitgefühl hatte sie mir mit harten, kalten Worten aufgezeigt, dass sie den heutigen Tag geplant hatte und nicht davon abrücken würde. Ob ich wollte oder nicht, ich hatte kein Recht, daran etwas zu ändern.

Sie hatte mir gar nicht zugehört, sie hatte überhaupt nicht danach gefragt, wie krank die Mädchen wären.
Ich hatte keine Chance, den Termin für die Beschneidungen zu stornieren oder zumindest zu verschieben.

Mir wurde bewusst, dass ich für meine große Tochter Nicma nichts mehr machen konnte, da hatte ich keine Wahl etwas zu ändern. Die Entscheidung von Saids Mutter stand unabänderlich im Raum.

Ich fühlte mich verloren, ohnmächtig. Ich musste einsehen, dass ich eigentlich nichts für meine Kinder tun konnte. Trotzdem versuchte ich, wenigstens meine kleineren Töchter Asma und Mariam vor der Beschneidung zu bewahren.

Ich wagte einen neuen Vorstoß und sagte zu Saids Mutter: „ Wenn du unbedingt heute die Beschneidungen durchführen lassen willst, dann lass das bei Nicma machen. Die beiden Kleinen sind viel zu jung und noch nicht stark genug, für so eine Prozedur."

Eigentlich hatte ich mit einer schroffen Ablehnung gerechnet, aber zu meinem Erstaunen willigte Saids Mutter ein.
Ich hatte mein Bestes getan, um wenigstens meine kleinen Töchter Asma und Mariam vor der Beschneidung zu retten. Für meine große Tochter Nicma konnte ich nichts mehr tun, das musste ich einsehen. Ich musste sie dem, was da auf sie zukommen würde, ausliefern.
Es ging mir ganz schlecht, ich fühlte mich ganz elend. Ich musste Nicma opfern, um zumindest vorerst für Asma und Mariam einen Aufschub zu erreichen.

Während ich so mit Saids Mutter verhandelte, kam die alte Hebamme ins Haus.
Meine drei Töchter waren alle neugierig ins Haus ihrer Großmutter gegangen, sie hatten mitbekommen, dass dort irgendetwas vor sich ging.

Was, dass konnten sie nicht ahnen.

Sie sahen nur, dass die Großmutter einen Platz freigeräumt hatte und dass dort viele Tücher hingelegt worden waren.

Ich verließ den Raum und das Haus mit meinen zwei Kleinen. Nicma musste bei ihrer Großmutter bleiben.

Ich wollte Nicma nicht alleine lassen, aber es war mir wichtiger, dass Asma und Mariam nicht ansehen mussten, was mit ihrer großen Schwester gemacht werden würde.

Nicma musste gefühlt haben, dass ihr etwas Schlimmes bevor stand. Etwas, dass ganz unangenehm war und das weh tat. Sie weinte, als ich mit den Kleinen aus dem Raum ging. Sie tat mir so leid, aber ich konnte nicht zurückgehen, um sie zu trösten. Ich hätte ihre Schmerzen und ihr Leid nicht verhindern können, auch wenn ich da geblieben wäre. Ich hätte sie vor all dem nicht bewahren können.

Ich musste mich jetzt um die Kleinen kümmern, denn die waren mit einem Mal sehr beunruhigt und ängstlich geworden und auch sie fingen an zu weinen.

Ich nahm Asma und Mariam an die Hand und wir gingen in unser Haus. Wir setzten uns eng zusammen auf ein Kissen und hielten uns ganz fest.

Während ich so zwischen meinen Mädchen saß, kamen die schrecklichen und schmerzlichen Erinnerungen an meine eigene Beschneidung in mir hoch. Ich musste an all das Leiden denken, dass ich damals als Kind erlitten hatte und das mich bis heute verfolgte.

Mir liefen die Tränen über mein Gesicht.

Leiden, die ich nicht vergessen kann

Während ich so zwischen meinen kleinen Töchtern saß, redete ich mir immer wieder ein, dass alles gut gehen würde.
Nicma würde die Prozedur der Beschneidung überstehen und zumindest körperlich verkraften.
Die Zeit würde hoffentlich alle Wunden heilen, die Erinnerungen daran würden im Laufe der Monate und Jahre verblassen.

Nach einiger Zeit sah ich, dass die alte Hebamme aus dem Haus kam und den Hof verließ.
Ich lief schnell in das Haus der Schwiegereltern, um nach meiner großen Tochter zu schauen. Ich wollte sehen, wie sie die Beschneidung überstanden hatte, wie es ihr jetzt nach dem Eingriff ging.
Ich wollte sie trösten, in meine Arme nehmen und ganz eng bei ihr sein.
Ich wollte mit ihr die Schmerzen teilen und einen Teil davon von ihr wegnehmen und auf mich verschieben.

Als ich das Haus betrat, sah ich als erstes, wie die kleinen Schwestern von Said die Tücher wuschen, die vom Blut meiner Tochter befleckt waren.

Dann sah ich Nicma. Sie lag ganz hinten im Raum auf einer Matte. Eine blaue Decke lag über ihrem Körper.
Die Großmutter saß schweigend neben ihr.

Als ich näher trat, wandte Nicma ihr Gesicht ab. So, als wollte sie mich nicht ansehen.
Ich versuchte, mit ihr zu reden. Ihr tröstende Worte zu sagen. Ich versuchte sie zu fragen, wie es ihr denn ging.
Meine Worte kamen bei ihr nicht an. Sie wollte mir nicht antworten oder sie konnte nicht antworten. Ich wusste es nicht.
Ich blieb still bei ihr sitzen.

Nach einiger Zeit drehte sie sich dann mühsam zu mir um. Ihre Augen waren müde und voller Tränen. Ihre Lippen waren ganz spröde und rissig. Der Mund war ausgetrocknet vom vielen Schreien. Es war so, als hätte sie überhaupt keinen Speichel mehr im Mund. Als hätte sie auch keine Kraft mehr, um irgendein Wort zu sagen.

Ihr ganzes Gesicht war verzerrt, gezeichnet von den Schmerzen und den Spuren, die den Lauf der Tränen aufzeigten.

Sie sah mich endlich an.

Sie sah mich mit hasserfüllten Augen an, als wollte sie mir sagen: „Warum hast du mich hier bei den alten Frauen alleine gelassen? Du wusstest doch, was hier passieren würde. Warum hast du nichts gemacht, als ich schrie und weinte?"

Ich versuchte, ihre Blicke auszuhalten und zu verstehen. Ich versuchte in ihrem Gesicht zu lesen, was sie mir alles ohne Worte sagen wollte.

Ich suchte nach Worten, um sie zu trösten und sie zu beruhigen. Ich wollte ihr helfen, diese schwere Stunden zu durchstehen und die Leiden erträglicher machen. Ich konnte mir die Schmerzen und Qualen, die Nicma heute erlitten hatte, sehr gut vorstellen, auch wenn ich bei der Beschneidung nicht dabei gewesen war.

Ich kannte ja die Leiden der Beschneidung aus eigener Erfahrung. Ich konnte mit Nicma mitfühlen.

Ich redete mir immer noch ein, dass alles gut werden würde. Mit der Zeit heilen die Wunden, auch Nicmas Wunden.

Ich wollte Nicma mitnehmen, um sie in unserem Haus zu pflegen. Ich wollte sie in meine Arme nehmen und ganz nah bei ihr sein.

Aber sie wollte nicht, sie wollte sich nicht von mir berühren lassen.

Als ihre Großmutter anbot, bei ihr zu bleiben und auf sie aufzupassen und die Wunde zu versorgen, lehnte sie nicht ab. Sie willigte durch Nicken in den Vorschlag der Großmutter ein.

Ich dachte mir, dass Nicma sauer auf mich wäre, weil ich sie alleine gelassen hatte. Ich dachte auch, dass sie etwas Zeit brauchen würde, um das Erlebte zu verkraften.
Ich hatte außerdem Angst, dass die Wunde aufreißen könnte, wenn ich sie vom Haus der Großeltern in unser Haus tragen würde.
Auch die Großmutter überzeugte mich davon, dass es jetzt besser für Nicma wäre, wenn sie da liegen bleiben könnte, wo sie war. Viel Bewegung wäre für die Wunde nicht gut und wenn sie ruhig liegen bleiben würde, dann könnte sie sich auch wieder schnell erholen.

Ich habe nicht darauf bestanden, Nicma in unser Haus zu holen. Ich war mir unsicher, was jetzt das Richtige für sie wäre. Nach meinen Gefühlen hätte ich sie gerne mitgenommen, hätte sie so gerne in meinen Armen gehalten und sie getröstet.
Nach meinem Verstand war es sicherlich besser, sie hier in Ruhe liegen zu lassen. Zudem konnte ich ja alle ein bis zwei Stunden zu ihr gehen, denn die Häuser lagen ja dicht beieinander.

Nicma lag ruhig auf ihrer Matte, die Großmutter saß daneben. Bevor ich das Haus verließ, ging ich nochmal zu ihr. Sie weinte nicht mehr, sie atmete ruhig und schlief.

Für die ersten Stunden nach der Beschneidung war anscheinend alles in Ordnung, es gab nichts, was mich beunruhigte, nichts, was mir Angst machte.
Aus meiner eigenen Erfahrung konnte ich sagen, dass alles soweit o.k. war. Ich hatte keine Angst vor dem gegenwärtigen Zustand, ich befürchtete keine Komplikationen. Ich redete mir ein, dass Nicma sich in ein paar Tagen erholen würde.

Ich hatte mehr Angst vor der Zukunft. Ich dachte an die Schmerzen und Leiden, die Nicma bei ihrer ersten Periode zu ertragen hätte. Und die dann Monat für Monat regelmäßig wieder kommen würden.

Ich dachte auch an die Schmerzen und Leiden, die sie später durch ihren Ehemann erfahren würde. Immer und immer wieder.

Ich dachte an die Schmerzen und Leiden, die sie ihr Leben lang bei jeder Geburt zu bewältigen hatte. Zusätzlich zu den Schmerzen der Wehen.

Ich stand lange bei Nicma und ging meinen Gedanken nach.

Dann zog ich mich leise zurück. Es schien ja alles soweit in Ordnung zu sein. Nicma würde bei ihrer Großmutter und ihrem Großvater schlafen und neue Kräfte sammeln. Ich würde sie allerdings eine ganze Nacht nicht sehen können, denn ich konnte sie ja nicht alle ein bis zwei Stunden besuchen.

Said ging wie immer, wenn er von der Arbeit nach Hause kam, erst bei seiner Mutter vorbei. Er hatte von seiner Mutter gesagt bekommen, dass die Beschneidung bei seiner großen Tochter gemacht worden war. Sicherlich hatte er Nicma auch gesehen.

Für ihn war erstmal wichtig, dass alles so gelaufen war, wie es seine Mutter geplant hatte.

Mehr wollte er nicht mehr hören, auch nicht von mir. Und schon gar nichts von meinen Empfindungen.

In der Nacht konnte ich nicht gut schlafen. Ich wachte immer wieder auf, mein Kopf und auch mein Körper konnten keine Ruhe finden.

Nicmas von Leid geplagtes Gesicht erschien in meinen Träumen und schreckte mich immer wieder aus dem Schlaf. Aber ich konnte in der Nacht nichts machen, ich konnte nicht zu ihr gehen. Ich musste warten, bis der neue Tag begann.

Gleich am Morgen wollte ich mich vergewissern, dass alles bei Nicma in Ordnung war. Ich wartete ab, bis alle aufgestanden und Said und sein Vater zur Moschee und zur Arbeit gegangen waren. Dann lief ich schnell von unserem Haus zum Haus von Saids Eltern. Ich wollte unbedingt Gewissheit darüber haben, ob meine kleine Nicma diese Nacht gut überstanden hatte und ob bei ihr alles in Ordnung war.

Dann sah ich sie am Morgen nach der Beschneidung. Sie sah schlimmer aus als gestern. Das ganze Gesicht war verquollen, die Lippen immer noch rissig.
Ich bemerkte, dass sie mit ganz ausdruckslosem Gesicht da lag. Sie wirkte müder als am Tag zuvor.
Ihr Blick war leer. Sie redete nicht mit mir, sie konnte oder wollte nicht reden. Sie war in dieser Nacht gesichtslos geworden.

Ich dachte erst, ich könnte die Situation begreifen und einordnen und dass ihr Zustand so kurz nach dem Eingriff in Ordnung wäre.
Ich dachte zuerst, dass es von Tag zu Tag besser werden würde und dass sie mit jedem neuen Tag gesünder und stabiler werden würde.

Aber als ich ihr ganz aufmerksam ins Gesicht sah und als ich versuchte sie zu trösten, klammerte sie sich an mich. Sie hielt mich ganz fest an meiner Hand, sie krallte sich an mich mit einer Kraft, die ich nicht erwartet hatte.
Sie lag ansonsten reglos da, mit leerem Blick, aber sie ließ mich nicht los und hielt mich ganz fest.

Ich verstand mit einem Mal, dass etwas nicht stimmte.
Da war mehr, als die Wunde.
Wenn sie nur Schmerzen gehabt hätte, dann würde sie weinen und schreien. Auch, wenn sie sich nicht hätte besser ausdrücken können, es wäre eine Verständigung möglich gewesen. Und ich hätte gewusst, was

ich für sie hätte tun können, um ihr Linderung zu verschaffen.

Aber hier war alles anders. Ich spürte das in meinem Innersten.

Ich versuchte, mit ihr zu reden. Ich stellte ihr Fragen. Ich suchte ihren Blick und achtete nicht mehr so sehr auf ihre Hände, die mich weiterhin mit großer Kraft festhielten.
Ich suchte mit meinen Augen ihre Lippen ab, um dort vielleicht Worten von ihr zu erkennen. Nur ein oder zwei Worte wollte ich aus ihrem Mund kommen sehen, um ihre Schmerzen und ihren Zustand zu verstehen. Nur ein „ja" oder „nein" wollte ich von ihr auf meine Fragen hören.
Aber sie konnte mir nicht antworten.

Es war so schwer für mich, sie so zu sehen. Sie leiden zu sehen, ohne ihr helfen zu können. Ohne erkennen zu können, was ich für sie hätte machen können.
Ich war ganz traurig und hilflos.
Aber ich tat mein Bestes, damit sie meine Traurigkeit nicht in meinem Gesicht erkennen konnte. Sie sollte auch nicht merken, dass ich nur noch weinen wollte. Sie sollte nicht sehen, wie traurig mich ihr Anblick machte. Ich wollte sie mit meinen Gefühlen nicht noch mehr verletzen, als sie bereits war.

Die Zeit verging schleppend, während ich neben meiner Tochter saß. Ich wurde immer unruhiger, meine Angst um Nicma wurde immer größer.
Ich wusste nicht, was ich hätte tun können, was ich hätte tun sollen. Die Angst lähmte mich.
Ich fühlte nur, dass ich etwas tun müsste, aber ich wusste nicht, wo und mit was ich hätte anfangen können.
Mit wem könnte ich über den Zustand von Nicma reden, wem hätte ich

meine Fragen stellen können? Wer würde mir eine ehrliche Antwort geben? Wem konnte ich vertrauen?

Niemand war da.

Was konnte ich in dieser Situation machen?

Es gab keine Antworten auf meine Fragen, die nur in meinem Kopf waren, die ich nicht ausgesprochen hatte.

Ich dachte und hoffte immer wieder, dass es von Stunden zu Stunden und von Tag zu Tag besser werden würde. Aber meine Hoffnungen schwanden, als Nicma das Mittagsessen nicht essen wollte. Sie konnte ihren Mund kaum öffnen.

Seit der Beschneidung waren jetzt fast zwei Tage vergangen, sie hatte in dieser gesamten Zeit nichts gegessen, nur etwas Wasser und ein wenig Milch getrunken.

Meine Schwiegermutter saß etwas weiter weg von mir und Nicma. Ich sagte zu ihr: „ Nicma hat keine Energie mehr. Sie kann nicht sprechen, aber sie will etwas sagen, dass spüre ich. Ich glaube, sie hat große Schmerzen und leidet unter diesen Schmerzen sehr".

Saids Mutter antwortete mir ruhig und mit monotoner Stimme, dass bei Nicma alles in Ordnung wäre. Ihr Zustand wäre ganz normal und sie würde sich in den nächsten Tagen sicherlich erholen.

Innerlich explodierte ich vor Wut nach dieser Antwort.

Ich wusste, dass es nicht so war. Mein Gefühl zeigte mir ganz deutlich auf, dass sich bei Nicma etwas in die falsche Richtung entwickelte. Ich hatte ganz große Angst um meine Tochter.

Aber ich konnte nichts machen, denn Saids Mutter hatte auch in meiner Familie das Recht, den Lauf der Dinge zu beurteilen und zu bestimmen.

Ich hatte also keine Möglichkeit selbst so etwas wie eine Behandlung anzustoßen. Ich konnte Nicma nur in dieser schweren Zeit begleiten und versuchen, ihr Linderung zu verschaffen.

Ich versuchte immer wieder, sie zu füttern. Erfolglos, sie öffnete ihren Mund nicht. Sie war so kraftlos, das Gesicht verquollen und der Mund ausgetrocknet wie nach einem ganz langen Schlaf.

Ich wurde immer verzweifelter und unruhiger. Ich konnte es kaum noch aushalten und sagte zu Saids Mutter: „ Bitte vergiss, dass du mich nicht liebst. Hier geht es aber nicht um mich, sondern um deine kleine Enkelin.

Sie leidet!

Versuche, an sie zu denken!

Vergiss, dass es Differenzen und Diskussionen zwischen uns gibt! Denke an die Gesundheit von diesem kleinen Mädchen, das die Tochter deines Sohnes ist! Das Mädchen, das den Namen deiner großen Tochter trägt, die du am meisten liebst!"

Saids Mutter antwortete mir mit ihrer kalten, monotonen Stimme, ich sollte aufhören mir Dinge vorzustellen, die nicht existieren würden. Und sie sagte ganz deutlich zu mir: Hör auf, deiner kleinen Tochter Angst zu machen. Wenn sie merkt, dass du als ihre Mutter große Probleme herankommen siehst, dann wird sie nur von deiner Angst angesteckt.

Keiner muss Angst haben.

Du verbreitest Unruhe und Verzweiflung in diesem Haus. Dazu gibt es überhaupt keinen Grund. Dein Verhalten hilft deiner Tochter nicht beim gesund werden.

Es gibt hier keine Probleme!"

Ich musste akzeptieren, dass Saids Mutter nicht bereit war, etwas für

Nicma zu tun. Dass die Situation gefährlich und keineswegs in Ordnung war, konnte oder wollte sie nicht erkennen.

Sie wollte auf jeden Fall nicht mit mir darüber reden und sie wollte auch keine Lösung suchen oder finden.

Ich hielt es im Haus nicht mehr aus. Ich musste raus, ich musste etwas tun.

Ich beschloss, zur Moschee zu gehen und mit Said zu reden. Er war doch der Vater von Nicma, es ging doch um seine Tochter.

Ich traf ihn bei den Unterrichtsvorbereitungen an. Ich schilderte ihm, wie ich die Situation von Nicma einschätzen würde. Ich beschrieb ihm ihre Leiden, ihre Kraftlosigkeit.

Wie sie mich mit großen Augen angesehen hatte, aus denen ich ihre Traurigkeit und ihre Schmerzen erkennen konnte.

Dass sie ihren Mund kaum öffnen konnte.

Dass sie nichts essen konnte.

Dass sie nicht reden konnte.

Ich konnte gegenüber Said nach meinen Schilderungen von Nicmas Zustand vor Tränen und Verzweiflung kaum noch reden. Ich bebte vor Erregung am ganzen Körper.

Said versuchte, mich zu beruhigen. Dann sagte er: „ Wenn es tatsächlich so schlimm um unsere Tochter steht, dann werden wir sie in die nächste Stadt ins Krankenhaus bringen.

Es fährt nur einmal am Tag ein Sammelauto in die Stadt, für heute ist es zu spät.

Wir werden sie morgen ins Krankenhaus bringen und nachsehen lassen. Ob es bei ihr ein Problem gibt."

Saids Antwort beruhigte mich auf die eine oder andere Weise. Ich hatte eigentlich etwas Schlimmeres als Antwort erwartet.

Ich fühlte eine Erleichterung, obwohl ich noch immer Angst und große Sorgen um meine Tochter hatte.

Said überlegte sogar, ob er den Unterricht mit den Kindern in der Moschee unterbrechen und nach Hause kommen könnte.

Das war eine Geste von ihm, die ich nicht wirklich erwartet hatte und die ich nie vergessen werden würde.

Said entschied, dass er den Unterricht mit den Kindern doch noch erst regulär beenden würde, er wollte den Unterricht nicht ausfallen lassen.

Aber er war immerhin bereit, früher nach Hause zu kommen. Er war bereit, sich den Gesundheitszustand von Nicma anzusehen und sie ins Krankenhaus zu bringen.

In unserer Kultur ist es für einen Mann ungewöhnlich und auch schwierig, sich um die Krankheit seiner Kinder oder seiner Ehefrau zu kümmern.

Es ist für einen Mann auch sehr schwer, vor anderen Menschen zu weinen oder seine Gefühle und Schwächen zu zeigen.

Männer kümmern sich bei uns nicht um die „Frauenangelegenheiten", wie Geburt, Beschneidung der Töchter oder um die Behandlung von Krankheiten. Es sei denn, sie machen das beruflich.

Ich ging etwas beruhigter nach Hause, Said hatte mir ja versprochen, möglichst schnell nachzukommen.

Zu Hause angekommen, lief ich gleich in das Haus der Schwiegereltern, um Nicma zu sehen.

Sie lag auf ihrer Matte und hatte die Augen geschlossen. Ob sie wirklich schlief, konnte ich nicht erkennen.

Ich setzte mich neben sie und betrachtete sie.

Ich wollte sie nicht wecken. Ich wartete darauf, dass sie ihre Augen öffnen würde.

Ich wünschte mir, dass sie die Augen öffnen würde und dass es ihr besser ginge.

Ich blieb lange neben ihr sitzen. Sehr lange. Wie viel Zeit so verging, wusste ich nicht. Ich wollte auf jeden Fall bei Nicma sein, wenn sie ihre Augen öffnen würde.

Es dauerte lange, sehr lange, bis sie die Augen aufschlug.

Ich sah in ihre müden Augen. Traurige, kraftlose, übermüdete Augen. Sie sah mich an. Mit ihren Blicken versuchte sie, mir etwas zu sagen oder zu zeigen. Ich konnte aber nicht verstehen, was sie wollte
Sie bewegte ihre Lippen, aber sie hatte keine Stimme mehr für ihre Worte. Ich konnte von ihren rissigen, trocknen Lippen nicht ablesen, was sie versuchte, mir zu sagen.
Ich konnte ihre Botschaft nicht entziffern.

Ihr Blick wanderte weg von mir, in den Raum hinein.
Ich versuchte den Weg ihrer Blicke zu folgen. Sie schaute hin zum Waschraum mit der kleinen Toilette.
Ich verstand, dass sie auf die Toilette wollte. Warum sie dorthin wollte, konnte ich aber nicht verstehen. Wenn sie hätte pinkeln wollen, dann hätte sie den kleinen Eimer benutzen können, der direkt neben ihr auf dem Boden stand.

Ich machte mir immer mehr Sorgen darüber, welche Hilfe ich ihr hätte geben können, damit sie sich wenigstens ein wenig hätte bewegen können.

Eine der jüngeren Schwestern von Said war mit im Raum. Mit ihrer Unterstützung wollte ich Nicma zur Toilette und in den Waschraum bringen.
Nicma konnte nicht selbst aufstehen, dazu hatte sie nicht genug Kraft.
Saids kleine Schwester und ich musste sie zur Toilette tragen.
Als wir sie hoch gehoben hatten, bemerkte ich, dass die blaue Decke, mit der Nicma die ganze Zeit zugedeckt war, die Farbe teilweise verändert hatte.
An den Stellen, an denen Nicma auf der Decke gelegen hatte, war die Farbe dunkler, alles war voller Blut. Auch die Tücher, die noch unter der blauen Decke zur Polsterung ausgelegt worden waren, waren voller Blut.

Ich musste mich zusammen reißen, dass ich nicht laut vor Entsetzen aufschrie. Ich musste mich innerlich dazu zwingen, jetzt nicht in Panik zu verfallen.
Ich durfte meine Tochter durch meine Reaktionen nicht noch zusätzlich erschrecken.
Ich war von diesem Anblick geschockt. Ich hatte ganz große Angst und fühlte mich so hilflos.

Und ich war sauer auf mich selbst, weil ich auf all die Beschwichtigungen von Saids Mutter gehört hatte. Ich hätte mutiger sein müssen und früher etwas unternehmen müssen. Ich hätte mehr auf meine Gefühle hören müssen. Ich hätte mit allem nicht so lange warten dürfen.

Als wir dann mit vereinten Kräften Nicma zur Toilette gebracht hatten, überließ ich sie dort kurz Saids Schwester.

Ich lief zu meiner Schwiegermutter um ihr zu zeigen, wie es um Nicma stand. Ihr zu zeigen, wie viel Blut die Kleine bereits verloren hatte. Ihr zu zeigen, dass die Beschneidung und die Wundheilung nicht normal verlaufen waren.

Saids Mutter sah die blutgetränkten Tücher und die verfleckte Decke. Sie war von dem was sie sah, erschrocken. Von dem vielen Blut, dass von Nicma stammte.
Sie konnte nur immer wieder sagen: „Das ist nicht normal! Das ist nicht normal"!
Jetzt erst begann sie sich Sorgen um ihre kleine Enkelin zu machen.

Ich machte mir seit dem Tag Sorgen um meine Tochter, an dem sie beschlossen hatte, mein Kind ohne meine Einwilligung zu verstümmeln. Ich hatte versucht, die Beschneidung zu verhindern. Niemand hatte mich dabei unterstützt. Und sie als das weibliche Oberhaupt der Familie hatte über meinen Kopf hinweg bestimmt.
Sie hatte mich mit meiner Meinung und mit meinen Argumenten überhaupt nicht hören wollen.

Alles, was in den letzten Tagen passiert war, bestätigte jetzt meine alltäglichen Sorgen um meine Tochter.
Es bewies und zeigte ganz deutlich, dass meine Angst vor diesen kulturellen Praktiken berechtigt war.
Was auch immer mit meiner Tochter passieren würde, sie würde ihre Leiden wegen dieser Kultur ertragen müssen.
Und ich würde denen niemals vergeben können, die den Anstoß dazu gegeben hatten, dass meine Tochter jetzt leiden musste.

Auch wenn sich ihre Großmutter jetzt schuldig fühlte, sie konnte Nicma nicht helfen. Trotz ihrer Sorgen, die sie sich jetzt machte, konnte sie Nicmas und meine Schmerzen nicht lindern.
Nur durch ihre Anordnung und ihre Verbohrtheit war viel Leid über

Nicma und mich gekommen, dass konnte sie nicht mehr rückgängig machen.

Said war mittlerweile von seiner Arbeit zurück und hatte sein Elternhaus betreten. Er stand etwas entfernt von uns und beobachtete den Wortwechsel zwischen seiner Mutter und mir.
Ich hatte ihn nicht kommen sehen, denn ich war so erregt und wütend über die ganze Situation.
Als ich dann sah, dass er uns aus der Ferne beobachtet hatte, stehen geblieben war, wo er stand und nicht näher kam, beschloss ich, zu ihm hinzugehen.
Ich wollte mit ihm reden und ihn fragen, warum er nur da rumstand und weder etwas sagte noch etwas unternahm. Es ging doch um die Gesundheit und das Leben seiner Tochter. Sie war in einem gefährlichen Zustand.

Ich sagte zu ihm: „ Sogar deine Mutter fängt langsam an, sich Sorgen um Nicma zu machen. Aber du bist anscheinend nur da, um uns zuzusehen, ohne irgendetwas zu machen. Du sagst nichts und du machst nichts!
Ich möchte nicht darauf warten, dass meine Tochter den letzten Blutstropfen aus ihrem Körper verliert. Ich will nicht zusehen müssen, dass sie vor meinen Augen stirbt ohne versucht zu haben, etwas Hilfreiches zu tun. Ich kann es kaum ertragen, bis morgen zu warten, ohne bereits jetzt etwas zu tun. Ohne zumindest darüber nachzudenken und zu diskutieren, was heute noch gemacht werden könnte."
Nachdem ich das alles Said gesagt hatte, was mir in meinem Herzen brannte, ging ich zurück zu Nicma, um mich um sie zu kümmern. Said hatte mir nur zugehört, er hatte kein Wort gesagt. Ich wusste nicht, wie er die ganze Situation einschätzte.
Um überhaupt etwas zu tun, fing ich an, die Kleidung meiner Tochter zu wechseln. Ich putzte den Platz, an dem sie geschlafen hatte. Ich

wechselte das Laken und bereitete neue Tücher und eine neue, saubere Decke für sie vor. Ich konnte einfach nicht mehr länger still rumsitzen, ich musste mich bewegen und etwas machen.

Ich bereitete Nicma gerade für ihren sauberen Schlafplatz vor, als Said zu mir kam, um mir bei dieser Arbeit zu helfen. Und er redete mit mir. Er sagte, er würde Nicma bereits heute noch in die Stadt ins Krankenhaus bringen. Er sagte: „ Wir können nicht warten, bis morgen das Sammelauto fährt."

Ich war froh und erleichtert, dass er sich so um die Gesundheit der Kleinen bemühte. Dass er erkannt hatte, wie schwach Nicma zwischenzeitlich geworden war. Dass er den gefährlichen Zustand wahrgenommen hatte.
Ich hatte keineswegs erwartet, dass er Nicma so schnell in das Krankenhaus bringen würde. Ich hatte deshalb auch überhaupt nicht darüber nachgedacht, wie er sie dorthin bringen könnte. Wir hatten kein Auto, kein Pferd oder Maultier und einen Bus gab es nicht.
Aber mir war es egal, wie er sie transportieren wollte, wichtig, ganz wichtig war, dass die Kleine rechtzeitig in das Krankenhaus kam, um dort fachkundig untersucht und behandelt zu werden.
Und ich machte auch mich bereit, um die beiden zu begleiten und um mit ins Krankenhaus zu gehen.

Said war nach draußen gegangen. Ich bereitete Nicma für die Reise ins Krankenhaus vor und machte mich auch schnell fertig.

Said kam wenig später zurück in das Haus. Er nahm seine Tochter auf den Rücken und zog ein Tuch fest um sie. Er trug sie so, wie normalerweise kleine Babys mit einem Tragetuch auf dem Rücken getragen werden. Er hatte auch einen großen Schal besorgt, den legte er dann noch über Nicma.

Wir konnten von ihr nur noch den Kopf sehen, der aus dem Schal hervorschaute. Ihr blasses Gesicht mit den leeren, müden Augen.

Saids Mutter kam und stellte sich neben ihren Sohn. Sie schaute zu, wie er Nicma verpackte.

Als er sich dann auf den Weg machen wollte, sagte sie zu ihm, dass es für die Kleine nicht gut wäre, die ganze Zeit so auf dem Rücken getragen zu werden.

Der Weg zum Krankenhaus wäre viel zu weit, um ein Kind über diese lange Strecke auf dem Rücken zu tragen. Es wäre für alle viel besser und leichter, auf das Sammelauto zu warten, dass am nächsten Tag in die Stadt fahren würde.

Ich stand am nächsten zu Said und hörte alles ganz deutlich, was seine Mutter sagte. Ich sagte nichts, ich beobachtete nur die Reaktionen der beiden.

Ich war viel zu aufgeregt, um eine sachliche Antwort geben zu können und außerdem hatte ich vor Saids Mutter sowieso nichts zu sagen. Ich musste auf Saids Antwort vertrauen.

Said antwortete seiner Mutter höflich aber auch sehr entschlossen. Er lehnte ihren Ratschlag rundum ab und sagte ihr, dass er heute noch Nicma in das Krankenhaus bringen würde.

Damit widersprach er seiner Mutter in meiner Gegenwart!

Saids Mutter schaute zu mir. Sie hatte mitbekommen, dass ich das Gespräch zwischen ihr und ihrem Sohn mitverfolgt hatte.

Und sie sah, dass ich mich bereits darauf vorbereitet hatte, mit Said und Nicma in das Krankenhaus zu gehen.

Sie war in ihrer Ehre und ihrer Position durch Saids Widerworte getroffen. Und dass alles vor meinen Augen und Ohren.

Sie giftete mich an: „ Du willst mit ins Krankenhaus gehen, wo du doch zu Hause bleiben musst. Wem überlässt du denn deine anderen Kinder?

Wer kümmert sich um sie?"

Ich denke, mein Gesicht zeigte meine Sorgen um Nicma und auch gleichzeitig meine Wut über Saids Mutter. Aber ich musste trotzdem fast ein bisschen lächeln, als Said seiner Mutter so deutlich widersprochen hatte.
Ich war mit seiner Reaktion so zufrieden, deshalb war ein Anflug von Lächeln auf meinem Gesicht. Es war eher unbewusst, ich machte das nicht mit Absicht.

Ich dachte, es wäre am besten für alle, wenn Saids Mutter sich beruhigen würde. Deshalb wollte ich ihr ruhig und gelassen antworten. Aber das ärgerte sie umso mehr, meine Gelassenheit stachelte sie regelrecht an. Sie wurde mit ihrer Schimpferei immer lauter.

Said stand mit Nicma auf dem Rücken da und beobachtete diese Szene. Dann sagte er zu mir: „ Bleib bei deinen Kindern hier zu Hause, sie brauchen dich mehr."

Ich wollte nicht mit ihm verhandeln, ich sagte ihm, es wäre für mich in Ordnung hier zu bleiben. Es hätte sowieso keinen Sinn gehabt, mit ihm darüber zu diskutieren. Ich wusste, ich konnte seine Entscheidung nicht ändern, was auch immer ich sagen würde. Alle meine Argumente würden keine Berücksichtigung finden.

Obwohl ich das ganz große Bedürfnis hatte, bei meiner Tochter Nicma zu sein und sie in das Krankenhaus zu begleiten, musste ich machen, was Said mir aufgetragen hatte.
Die beiden machten sich also alleine auf in Richtung Stadt.

Ich bin mit meinen anderen Kindern zu Hause geblieben. Gut ging es mir dabei überhaupt nicht, ich hatte ganz große Bedenken und auch Sorgen.

Jede Minute und gefühlt jede Sekunde fragte ich mich, wie es Nicma wohl erginge. Was konnte unterwegs alles passieren? Würde sie und auch Said durchhalten?

Würde sie die Strapazen des langen Weges überstehen? War das Tragen auf dem Rücken gut oder schlecht für ihren Zustand und konnte sie das verkraften?

Würde sie weiterhin Blut verlieren. Würde sie noch genug Kraft haben, wenn beide das Krankenhaus erreicht hatten?

Bei uns gab es kein Telefon oder ein ähnliches Informationssystem. Ich konnte deshalb keine Antwort erhalten, wie es den beiden unterwegs erging. Ich hatte keinerlei Informationen darüber, ob und wenn ja, wann und wie sie das Krankenhaus erreicht hatten. Ich wusste nichts darüber, was die Ärzte und Pfleger als Behandlung planen und durchführen würden.

Ich musste wirklich warten. Lange warten.

Ich legte meine Hand auf mein Herz. Dort sollte sie bleiben, bis Said und Nicma nach Hause kommen würden.

Ich versuchte, mich mit Hausarbeiten zu beschäftigen, um mich abzulenken und um aus dem Gedankenkarussell herauszukommen.

Ich fegte den großen Raum von einer Ecke zur anderen und ordnete die Sitzkissen neu. Immer wieder kam meine Arbeit ins Stocken, mein Körper verharrte auf der Stelle, meine Gedanken an Nicma lähmten mich. Ich musste mich dann zwingen, weiter zu arbeiten.

Saids Mutter war draußen auf dem Hof. Ich vermied es, sie zu treffen. Ihr ganzer Anblick ärgerte mich.

Ich dachte, dass alles, was hier passiert war, auf die eine oder andere

Weise ihre Schuld war. Das Leiden und die Schmerzen, die Aufregungen, die großen Anstrengungen und all die Quälereien, dafür war sie hautsächlich mitverantwortlich.

Nach Einbruch der Dunkelheit bereitete ich für meine kleinen Töchter und für meinen kleinen Sohn die Nachtlager vor. Ich legte mich zu ihnen zum Schlafen. Ich musste ihre Nähe spüren. Ich musste fühlen, dass sie hier gesund lagen und tief schlafen konnten.

Während der ganzen letzten, aufregenden Zeit hatte ich mich überwiegend um Nicma gekümmert. Wenn meine Gedanken und Sorgen sich mal nicht um sie gedreht hatten, dann hatte ich am meisten meine anderen beiden kleinen Töchter im Blick.
Ich sorgte mich auch sehr um die Beiden, denn die schreckliche Prozedur, die Nicma gerade erleiden musste, stand ihnen, wenn es nach Saids Mutter ging, noch unausweichlich bevor.

Mein kleiner Sohn Mohamed kam bei all diesen Turbolenzen sicherlich zu kurz. Ich versorgte ihn natürlich mit dem Notwendigen, aber ich hatte keine Zeit und keine Kraft, mit ihm zu spielen oder mit ihm zu singen oder mich mit ihm anderweitig zu beschäftigen.
Er konnte die Anspannung und die Unruhe, die über unserem Haus lag, noch nicht verstehen. Aber in seinem Herzen, in seinem Körper und in seinem kleinen Kopf bemerkte er bestimmt die Angst und die ungute Stimmung in unserer Familie.
Er war meistens ruhig und in sich gekehrt, aber er schaute auch mit großen fragenden Augen auf alles, was um ihn herum passierte.
Jetzt lag er etwas abseits von den Mädchen auf seiner Matte und schlief tief und fest.

Die Mädchen schliefen auch bald ein, ich kam nicht zur Ruhe.

Ich hörte die Stimmen der Nacht, die Laute der Tiere und ihre Bewegungen.

Ich lauschte auf jeden Ton, ich konnte nicht einschlafen. Ich dachte bei mir, dass es Nicma vielleicht helfen würde, wenn ich nicht schlief und wenn meine Gedanken bei ihr wären.

Als die beiden Mädchen tief und fest schliefen, stand ich leise auf und ging nach draußen. Ich setzte mich vor die Haustür und schaute in die Dunkelheit.

Ich wartete darauf, dass jemand vorbei kommen würde und mir eine Nachricht von Nicma und Said brächte.

Mitten in dieser Nacht wachten die beiden Mädchen auf und riefen nach mir. Sie konnten auch nicht mehr schlafen.

Ich nahm beide an die Hand und wir setzten uns zusammen vor die Haustür. Ich lehnte mich an die Hauswand, die beiden Kleinen rückten eng auf meinem Schoß zusammen. Wir drei umarmten uns und drückten uns fest aneinander.

Wir spürten uns und kamen langsam zur Ruhe.

Bald fielen den Kleinen die Augen zu.

Ich konnte meine Augen nicht schließen, ich musste immerzu an Nicma denken. An das, was ihr passiert war und daran, wie ihre gesundheitliche Situation wohl sein könnte. Ob sie sehr leiden musste, während wir hier vor unserer Haustür saßen.

Irgendwann ging die Sonne auf, die unruhige, schlaflose Nacht war für mich endlich vorbei. Ein neuer Tag begann.

Der erste Tag, an dem Nicma nicht da war, war schwer für mich. Ich hoffte, dass Said sie rechtzeitig ins Krankenhaus gebracht hatte und dass sie dort gut ärztliche versorgt werden würde. Dass man ihr helfen konnte, wieder zu Kräften zu kommen.

Hoffen und Bangen bestimmten meinen Tagesablauf.

Der zweite Tag war am schwierigsten für mich. Ich hatte das Gefühl, dass die Zeit still stehen und das der Tag nur auf der Stelle treten würde. Er wollte nicht weitergehen. Die Minuten vergingen für mich so langsam wie Jahre.

Ich war so verzweifelt.

Als ich die Bedürfnisse meiner Kinder zu Hause erledigt hatte, musste ich raus aus dem Haus. Ich hielt es drinnen nicht mehr aus.

Ich ging raus, ich brauchte Luft, ich brauchte Bewegung. Ich ging durch unser kleines Dorf, ohne jemandem zu begegnen. Ich lief bis zu der Straße, die in die Stadt führte.

Ich hielt Ausschau, ob jemand aus der Stadt käme. Vielleicht hatte diese Person meinen Ehemann und meine kleine Tochter gesehen und könnte mir etwas von ihnen berichten.

In unserem Dorf kannten sich alle, also hätte ein Rückkehrer aus der Stadt mir sicherlich etwas zu Said und zu Nicma sagen können.

Aber es kam niemand die Straße entlang und ich wurde müde vom langen Warten.

Ich ging zurück nach Hause, um mich weiter um meine Kinder zu kümmern und um die restlichen Hausarbeiten zu erledigen.

Während ich aus dem Haus war, waren die kleinen Schwestern von Said gekommen und hatten mit meinen Kindern gespielt.

Jetzt, als ich wieder in unserem Haus war, gingen sie zurück zu ihrer Mutter. Sie hatten irgendwie mitbekommen, dass ich aus unserem Haus und vom Hof weggegangen war. Ihrer Mutter erzählten sie dann, dass ich alleine durch das Dorf spaziert war.

Meine Schwiegermutter sagte dazu zu mir kein Wort. Aber ihrem Mann sagte sie, dass ich wohl verrückt geworden wäre. Ich wäre ohne Erklärung und ohne nach Erlaubnis zu fragen aus dem Haus gegangen und erst nach längerer Zeit wieder zurückgekommen.

Saids Vater kam gleich darauf zu mir, um mich zur Rede zu stellen. Er fragte mich, was ich denn gemacht hatte, nachdem ich aus dem Haus gegangen war.

Ich musste weinen und konnte ihm nur unter Tränen antworten, dass ich hinausgegangen war, um zu sehen, ob Said oder ein anderer Dorfbewohner mit neuen Nachrichten von Nicma aus der Stadt kommen würde.

Saids Vater versuchte mich zu beruhigen. Er konnte meine Unruhe und meine Verzweiflung spüren.

Und er sagte dann zu mir, dass er selbst in die Stadt gehen würde, um sich dort nach Said und Nicma zu erkundigen. Er würde dann sofort mit den Neuigkeiten von seinem Sohn Said und seiner Enkelin Nicma zurückkommen.

Ich war so erleichtert und ich dankte ihm von ganzem Herzen. Ich dankte ihm dafür, dass er wie ein Vater für mich war und auch so handeln wollte.

Ich hatte meinen eigenen Vater ja nicht in der Nähe und ich war auch nicht in der Situation, dass ich zu meiner Ursprungsfamilie, also meinem Vater und meiner Mutter hätte gehen können.

Ich konnte ihnen nicht mal berichten, was mir und meiner Familie zwischenzeitlich alles passiert war.

Saids Vater verabschiedete sich von mir und lief schnell zu dem Sammelauto, dass heute in die Stadt fahren würde.

Ich war etwas beruhigter als zuvor, aber ich bemerkte jetzt ganz deutlich, wie sehr ich meine Eltern vermisste.

Ich fühlte mich allein gelassen.

Ich lebte zwar mit Said und seiner Familie, aber dort fühlte ich mich ausgeschlossen und alleine. Ich hatte hier niemanden, mit dem ich über meine Gedanken und meine Gefühle hätte reden können. Keiner war wirklich an mir als Mensch interessiert. Ich sollte nur richtig funktionieren, als Mutter und als Ehefrau.

Mit meinen Kindern konnte und wollte ich nicht über das, was ich dachte und fühlte, sprechen. Sie waren noch viel zu klein und würden das alles nicht verstehen können.
Sie konnten mich noch nicht verstehen und ich wollte sie nicht beunruhigen. Sie sollten eine unbeschwerte Kindheit haben, soweit das möglich war.

Am Nachmittag, nachdem Saids Vater das Sammelauto bestiegen hatte, machte ich mir mehr Sorgen als zuvor.
Ich konnte mir überhaupt nicht erklären, woher auf einmal meine heftigen Angstgefühle kamen.

Ich war so unruhig, ich konnte mich nicht still hinsetzen oder gar hinlegen. Meine Arme und meine Beinen waren in ständiger Bewegung. Mein Kopf drohte zu platzen.

Ich musste raus aus dem Haus, ich musste dem Drang meines Körpers nach Bewegung nachgeben.

Ich lief draußen zwischen unserem Haus und dem Dorfrand hin und her.
Meine Gedanken waren nur noch bei Nicma, meine Angst um sie wurde immer größer. In meinem Kopf wirbelten Hoffnung, Angst, Trauer und Verlustängste durcheinander.

Meine Beine liefen immer weiter, ich konnte sie nicht anhalten und stehen bleiben. Ich lief den Weg zwischen Haus und Dorfrand wie ferngesteuert. Ich sah nicht, was um mich herum war, ich ging wie in Trance. Ich konnte meinen Körper nicht anhalten, ich hatte die Kontrolle über ihn verloren.
Ich konnte mich nicht einfach hinsetzen und abwarten, bis eine Nachricht aus der Stadt mich erreichen würde.
Als ich irgendwann auf meiner Wanderung mal wieder an unserem

Haus vorbei kam, sah ich, dass ein Mann vor der Tür saß. Er redete mit Saids Mutter.

Von weitem schaute ich in sein Gesicht. Ich kannte ihn nicht, er gehörte nicht zum Familienkreis.

Ich war auf einmal etwas erleichtert, denn ich dachte, er wäre ein Bote und würde Neuigkeiten von meiner Tochter überbringen.

Beim Näherkommen versuchte ich in seinem Gesicht zu lesen, ob er mit Saids Mutter über frohe oder eventuell traurige Dinge sprach.

Ich konnte aber nichts erkennen, aus seinem Gesicht und auch aus seinen Bewegungen war für mich keinerlei Botschaft ersichtlich.

Als ich noch näher kam, hörten Saids Mutter und der Mann auf zu reden.
Ich war zunächst verwundert, dann wurde ich etwas panisch. Ich dachte, über was hatten sie gesprochen und warum hörten sie jetzt so plötzlich auf und verstummten?

Ich ging direkt auf die Beiden zu und sagte „Hallo."
Der fremde Mann wollte nach der Begrüßung anfangen, mit mir zu reden. Aber Saids Mutter unterbrach ihn gleich nach seinen ersten Worten. Sie sagte ihm, er könnte mir später alles ausführlich erzählen. Sie ergänzte, dass sie zu Hause sein und auf meine Kinder aufpassen würde.
Der fremde Mann verstummte und schaute unbeteiligt auf den Boden.

Dann wandte sie sich mir zu und sagte, ich sollte mich reisefertig machen. Ich sollte mit dem Mann in die Stadt fahren. Ich könnte mir unterwegs von ihm anhören, was er mir zu berichten hätte. Ich könnte auch dann vor Ort sehen, was mit Nicma passiert war.

Jetzt sollte ich keine weiteren Fragen stellen.
Ich verstand die Reaktion von Saids Mutter nicht. Ich verstand die ganze Situation nicht.
Was wusste sie bereits, was mir jetzt noch nicht gesagt werden sollte?

Warum durfte ich hier vor Ort keine Fragen stellen?

Ich gab ihr keine Widerworte. Ich ging in unser Haus und machte mich so schnell wie möglich reisefertig.
Anschließend verabschiedete ich mich dann von meinen Kindern.

Bevor ich das Haus verließ, wählte ich noch einige Kleidungsstücke für Nicma aus, die ich ihr ins Krankenhaus mitbringen wollte.

Ich packte alles in einem Tuch zusammen, das ich ohne Schwierigkeiten mit einer Hand tragen konnte.

Als ich aus unserem Haus trat, stand ein unbekanntes Auto auf unserem Hof. Der fremde Mann saß darin und wartete bereits auf mich.

Saids Mutter saß noch immer vor der Tür. Sie sprach mich an und begann ein kurzes Gespräch mit mir. Sie sagte mir, dass sie gut auf meine Kinder aufpassen würde, ich müsste mir überhaupt keine Sorgen um sie machen. Sie selbst würde sich um alles kümmern, was notwendig sein könnte.

Ich blieb ein paar Minuten bei ihr stehen und hörte ihr zu. Sie war auf einmal so nett und freundlich zu mir, ihre Stimme und ihre Worte waren für mich ganz ungewohnt. Sie wirkte wie eine richtige, gute Oma für meine Kinder.

Sie war so ganz anders, so hatte ich sie bisher mir gegenüber noch nie erlebt.

Ich fragte mich in diesem Moment, warum sie auf einmal so nett zu mir war. Es war das erste Mal, dass ich freundliche Worte aus ihrem Mund hörte.

Noch überraschender war für mich, dass sie mich in ihre Arme nahm und mich küsste.

Ich war total verwirrt über diese Situation. Ich konnte überhaupt nichts dazu sagen. Ich wusste auch nicht, wie ich auf sie reagieren sollte.

Ich drehte mich nach kurzer Zeit wortlos um. Ich ging zu dem Auto, in dem der Mann wartete und stieg ein.

Es war ein ziemlich altes Auto. Welches Fabrikat das Auto hatte, konnte ich nicht erkennen, aber eigentlich kannte ich auch keine Automarken.

Aber ich erkannte gleich, dass das Auto schon recht alt war. Es hatte sicherlich schon viele Jahre und ganz viele Kilometer auf dem Buckel. Jetzt beim Fahren bemerkte ich, dass der Mann mit diesem alten Auto nur langsam fahren konnte.

Ich dachte mir, dass es bestimmt einige Zeit brauchen würde, um an unser Ziel zu kommen.

Dabei wollte ich doch so schnell wie nur irgend möglich zu meine Tochter Nicma kommen. Ich wollte sie sehen, wollte endlich Klarheit über ihren Gesundheitszustand haben.

Wollte mich von dem Wechselbad meiner Gefühle und Gedanken befreien. Aus der ständigen Furcht vor dem Schlimmsten bis zur Hoffnung, dass alles gut werden würde, lösen.

Ich wollte Antworten auf all meine Fragen bekommen, die sich ständig durch meinen Kopf bewegten, seit ich meine Tochter und Said das letzte Mal gesehen hatte. Das war, als beide unser Haus verließen.
Jetzt saß ich neben dem fremden Mann im Auto, das langsam über die staubige Landstraße fuhr.
An den Namen des Mannes konnte ich mich nicht erinnern, ich hatte mittlerweile herausgefunden, dass er mit Saids Familie bekannt war und in der Stadt lebte.

Ich konnte während der langen Fahrt mit dem Mann nicht ins Reden kommen. Mein Kopf war zu sehr mit den Gedanken an Nicma beschäftigt.
Der Mann versuchte, mit mir ins Gespräch zu kommen. Er versuchte, mir Fragen zu stellen, aber ich antwortete nur mit „ja" oder „nein". Manchmal war ich auch so abwesend, dass ich seine Fragen gar nicht richtig verstand, weil ich ihm nicht zugehört hatte.

Alles, was ich wissen wollte, war, wie es meiner Tochter Nicma ging. Ich wollte etwas über ihre gesundheitliche Situation hören, aber dazu konnte oder wollte der Mann mir nichts sagen.

Wir kamen nicht richtig ins Gespräch und schließlich redeten wir nichts mehr, bis wir endlich die Stadt erreicht hatten.

Die Stadt mit dem Krankenhaus, in dem meine Tochter behandelt wurde.

Ich ging davon aus, dass der Mann direkt zum Krankenhaus fahren und mich dort aussteigen lassen würde.
Ich kannte den Weg zum Krankenhaus, denn dort war auch mein Vater behandelt worden. Ich hatte ihn einige Male besucht und kannte mich deshalb ein wenig in der Stadt aus.

Der Mann fuhr einen anderen Weg, nicht den, den ich kannte und der direkt zum Krankenhaus führte.

Als ich das bemerkte, sagte ich zu ihm, dass er nicht auf der richtigen Strecke wäre. Ich fragte ihn, wo er denn hinfahren würde.

Er fuhr ohne Erklärung immer weiter und antwortete mir nur: „Wir sind bald da".

Ich verlor meine Geduld, ich konnte meine Anspannung nicht mehr zurückhalten. Tränen schossen mir in die Augen, ich musste weinen, ohne genau zu wissen, warum.

Ich weinte hemmungslos, bis der Wagen endlich anhielt. Vor lauter Tränen in den Augen hatte ich nicht mehr sehen können, welchen Weg der Wagen gefahren war.

Der Mann hatte mich zu einer Moschee gefahren. Er sagte, ich solle aussteigen und in die Moschee gehen.

Ich verstand nicht, warum. Ich war auch nicht in der Lage, aus dem Auto auszusteigen. Ich war nicht in der Lage, an irgendetwas zu denken. Ich konnte keinen klaren Gedanken fassen.

Mein Kopf war leer.

Die Moschee war von einer großen Mauer umgeben. Der Mann hatte den Wagen direkt vor einer Pforte angehalten.

Ich hätte nur durch diese Pforte in die Moschee gehen müssen, aber ich konnte nicht aus dem Auto aussteigen.

In meinem Kopf wirbelten die Gedanken kreuz und quer durcheinander mit einer großen Geschwindigkeit.

Ich konnte keinen Gedanken festhalten, ich konnte nichts zu Ende denken. Es ging alles ohne Pausen mit rasendem Tempo in meinem Kopf ungeordnet voran.

Mein Körper versagte mir seinen Dienst, ich konnte mich kaum bewegen.

So blieb ich im Auto bei offener Tür sitzen, unfähig auszusteigen.

Der Mann hatte einige Zeit darauf gewartet, dass ich aussteigen würde. Als er aber bemerkte, dass ich dazu keinerlei Anstalten machte, stieg er aus.

Er sagte kein Wort zu mir und ging in die Moschee.

Es dauerte, bis ich merkte, dass ich meinen Körper wieder etwas unter Kontrolle hatte.

Ich wollte mit behutsamen Bewegungen langsam aus dem Auto maussteigen und dann dem Mann in die Moschee nachfolgen.

Es brauchte viel Zeit, bis ich meine Gedanken umsetzen konnte. Nur ganz langsam konnte ich den Wagen verlassen.

Ich stand dann noch am Auto, als der Mann und Said aus der Moschee kamen.

Wortlos.

Der Mann holte mein Gepäck aus seinem Wagen, stieg ein, ohne Verabschiedung.

Said kam ganz nahe an mich heran und sprach mich mit leiser Stimme an. Er redete über das Schicksal und darüber, dass wir alle gläubig sein müssten. Das wir die Entscheidungen unseres Schöpfers akzeptieren müssten.

Das alles im Voraus bestimmt wäre, ebenso die Luft und die Umgebung, in der wir geboren worden waren.

Das nicht wir entschieden hatten, an welchem Tag wir geboren wurden.

Das nicht wir entscheiden könnten, an welchem Tag wir sterben würden.

Unser Schöpfer entscheidet und wir müssten seine Entscheidung annehmen.

Dann ging Said langsam in die Moschee zurück.

Ich hatte nicht verstanden, was er mir mit seinen Worten sagen wollte.

Ich versuchte, ihm zu folgen. Es war schwer für mich, mit ihm Schritt zu halten.
Er war jetzt ganz still, er sagte nichts mehr.
Ich fragte ihn direkt: „ Wo ist meine Tochter?"
Ich fragte ihn: „ Warum sind wir hier an dieser Moschee?"
Ich fragte ihn weiter: „Was machst du hier?"

Said gab mir keine Antworten auf meine Fragen.

Der Mann war noch einmal aus seinem Auto ausgestiegen und kam auf uns zu. Er stand neben uns, als ich Said meine Fragen stellte.

Jetzt richtete ich meine Fragen auch an ihn. Warum hatte er mich hier zu dieser Moschee gefahren? Woher wusste er, dass Said in dieser Moschee war? Warum waren wir alle an diesem Ort?

Und wo war meine Tochter?

Auch der Mann antwortete mir nicht.

Said bedankte sich bei ihm dafür, dass er mich hierher gebracht hatte. Dann ging der Mann wieder zu seinem Auto zurück und fuhr davon.

Said führte mich zum Eingang der Moschee und wir traten ein. Er sprach zu mir, ohne auf meine Fragen, die ich ihm gestellt hatte, zu antworten.
Er sprach über das Schicksal.
Er sprach über den Glauben an Gott.

Nicma ist tot

Said hatte meine Hand genommen und führte mich zur Männertür. Dort ließ er mich in die Moschee eintreten.

Bei uns haben Moscheen eine Tür für die Männer und eine Tür für die Frauen. Durch die Männertür gelangt man in den vorderen Bereich der Moschee, die Frauentür führt zu einem separaten Raum, in dem die Frauen beten. Frauen betreten die Moschee eigentlich nie durch die Männertür.

Ich war erstaunt, dass Said mich durch die Männertür eintreten ließ und ich war aber auch sehr erstaunt darüber, dass ich ihm ohne zu zögern, gefolgt war. Ich sagte nichts dazu, ich deutete auch nicht an, dass ich durch die Frauentür hätte gehen müssen.
Als wir den Innenraum der Moschee betraten, sah ich, dass sich dort schon einige Menschen im vorderen Teil bewegten. Beim näheren Hinsehen stellte ich fest, dass es ausschließlich Männer waren.

Ganz vorne, vor den Männern, war ein Leichnam aufgebahrt. Der kleine Körper war in weißem Stoff eingehüllt.

Je näher ich der Bahre kam, desto mehr kam das Gefühl und dann auch die Gewissheit in mir auf, dass die Tote meine Tochter Nicma war.

Und auf einmal verstand ich all die Worte und Handlungen von Said. Ich wusste jetzt, was er mir vor der Moschee sagen wollte, ich erkannte den Sinn und die Bedeutung seiner Worte.
Ich musste an jedes einzelne Wort von ihm denken.
Und ich konnte mir mit einem Male auch erklären, warum Saids Mutter sich in ihrem Verhalten mir gegenüber bei unserem letzten Aufeinandertreffen so verändert hatte.

Said und ich gingen langsam vorwärts. Als ich ganz vorne in der Moschee angekommen war und dann neben der Bahre stand, verließen mich meine Kräfte.
Ich fiel weinend auf die Knie.

Nicma war in ein weißes Tuch eingehüllt.
Mit tränenverschleierten Augen sah ich nur ihr Engelsgesicht. Sie sah aus, als würde sie mit geschlossenen Augen da liegen und schlafen.

Ich werde den Anblick von ihrem Gesicht, so wie sie auf der Bahre lag, nie vergessen.

Der Schmerz über ihren Tod überwältigte mich. Ich hatte das Gefühl, auseinandergerissen zu werden. Mein ganzer Körper bebte vom heftigen Weinen. Wie von Stromstößen traktiert, zuckten meine Gliedmaße und mein Rumpf. Ich hatte keine Gewalt mehr über meinen Körper und über meinen Geist.

Ich weinte, bis ich das Bewusstsein verlor.

Ich weiß nicht mehr, wie ich die Moschee verließ.
Der Schmerz über den Anblick von Nicma, die tot auf der Bahre lag, hatte mich ohnmächtig werden lassen.
Ich weiß nicht, ob ich rausgetragen wurde oder ob ich mit Hilfe von Said oder anderen Menschen auf eigenen Füßen das Gotteshaus verlassen hatte.

Wie viel Zeit vergangen war, bis ich wieder zu Bewusstsein kam, weiß ich nicht.
Ich wachte in einem Bett auf und nach wenigen Augenblicke erkannte ich, dass ich in einem Krankenhaus war.
Neben meinem Bett saß ein junges Mädchen, sie gehörte zu Saids Familie. Ich hatte sie früher schon mal gesehen. An ihren Namen konnte ich

mich aber nicht erinnern.

Als ich im Krankenhaus zum ersten Mal meine Augen öffnete, hatte ich keine Erinnerung daran, was zuvor geschehen war. Ich konnte mir auch nicht erklären, warum ich hier lag.
Erst als ich die Stimme des Mädchens hörte, die mich fragte, ob es mir einigermaßen gut gehen würde, fing mein Kopf wieder an zu arbeiten. Nach und nach kamen die Erinnerungen an das zurück, was ich zuvor erlebt hatte.

Ich dachte erst, ich wäre mitten in einem bösen Traum.
Ich dachte, ich wäre in einem Albtraum aufgewacht. Dann kamen die Erinnerungen.
Ich musste weinen. Ich sagte mir immer wieder, dass meine Tochter nicht tot wäre. Ich sagte es so lange, bis ich irgendwann keine Stimme und keine Kraft mehr hatte.

Das Mädchen, das an meinem Bett saß, versuchte, mich zu beruhigen. Das arme Ding wusste aber bald nicht mehr weiter. Alle ihre Versuche hatten keinen Erfolg. Schließlich rief sie die Krankenschwester um Hilfe.

Ich bekam ein Beruhigungsmittel verabreicht und schlief nach kurzer Zeit wieder ein.

Ich schlief bis zum nächsten Tag. Als ich das zweite Mal im Krankenhaus aufwachte, saß Said neben meinem Bett.
Ich bemerkte, dass an meiner rechten Hand ein Zugang gelegt worden war. Ich versuchte, ruhig zu bleiben.

Said legte seine Hand auf meinen Kopf. Er fing an, mit mir zu sprechen. Er sagte, dass ich, während ich schlief, mehrmals den Namen Nicma gerufen hatte.

Er sagte, dass unsere Tochter Nicma jetzt bei ihrem Schöpfer wäre.

Er berichtete weiter, dass er und die Menschen, die in der Moschee waren, Nicma beerdigt hatten, als ich das Bewusstsein verloren hatte.

Sie hatten alle gesehen, dass ich keine Energie mehr hatte, um bei der Bestattung dabei sein zu können.
Said sagte, zuerst hätte er nicht gewusst, was er für mich hätte tun können. Er hatte schon gedacht, dass er auch die Mutter seiner Kinder verlieren würde.
Aber Gott sei Dank wäre ich noch unter den Lebenden und würde im Krankenhaus medizinisch betreut werden.

Ich wusste nicht, was ich zu Said sagen konnte. Ich war körperlich ganz schwach. Seit Nicma weg war auf dem Weg in die Stadt, hatte ich nichts mehr essen können.
Mein Körper und mein Herz konnten auch jetzt immer noch nicht akzeptieren, dass ich meine erstgeborene Tochter verloren hatte.

Ich hörte Said reden, aber ich konnte nichts zu ihm sagen.
Ich hätte ihm vieles sagen wollen. Was auch immer er jetzt zu mir sagte, er war der Vater meiner Tochter und er war für sie und für die ganze Familie verantwortlich.
Er war auch für den Tod meiner Tochter verantwortlich.
Ich konnte nicht mit ihm reden. Ich konnte ihm das alles nicht sagen.
Ich hatte keine Kraft dazu.
Ich konnte ihm auch nicht in die Augen schauen.
Als er mich mit seiner Hand berührte, erschauderte ich.

Er war mir ganz fremd geworden. Er war mitschuldig am Tod meiner Tochter Nicma.

Wenn ich alleine in meinem Krankenhauszimmer war, konnte ich meine Gedanken und meine Gefühle frei laufen lassen.

Ich konnte weinen, ich konnte trauern. Und ich konnte mir freudige Erinnerungen an Nicma ins Gedächtnis rufen.

Ich konnte an die schönen Erlebnisse mit ihr denken und Freude kam in mir hoch. Bis mir dann mit einem Schlag wieder bewusst wurde, dass Nicma tot war.

Dann weinte ich mich kraftlos in den Schlaf.

Manchmal konnte ich meine Gefühle zurückhalten und ganz realistisch über meine Zukunft nachdenken.

So, wie bisher, wollte ich nicht weiterleben. Und auf gar keinen Fall wollte ich zulassen, dass meine zwei anderen Töchter das gleiche Schicksal erleiden sollten, wie Nicma.

Nur, weil es die Kultur so will und nur, weil sich der Vater der Kinder hinter traditionellen Gepflogenheiten verschanzte

Weil er nicht den Willen und den Mut hatte, mit diesen gefährlichen Praktiken zu brechen.

Weil er seiner Mutter nicht widersprechen wollte.

Weil er die Kultur und Tradition über das Leben seiner Kinder stellte.

Meine Entscheidung

Mein Onkel wohnte in der Stadt, in der das Krankenhaus war, in dem ich jetzt behandelt und gesund gepflegt wurde.
Er und seine Frau kamen mich im Krankenhaus besuchen.

Mein Onkel war für mich ein ruhiger, besonnener und vertrauenswürdiger Mensch.
Ich redete lange mit ihm, um ihm schließlich zu sagen, dass ich nicht länger im Krankenhaus bleiben wollte.
Und um ihm zu sagen, dass ich nicht zu Said und seiner Familie zurückkehren wollte.
Dass ich mit ihm und seiner Frau in ihr Haus gehen wollte und dort vorerst bleiben wollte, wenn er und seine Frau zustimmen würden.

Er antwortete mir in seiner ruhigen Art, dass er zuerst mit Said sprechen müsste, um ihn nach seiner Meinung zu fragen.

Ich sagte ihm darauf, dass ich Said auf jeden Fall verlassen würde.

Ich wollte mich scheiden lassen und das Sorgerecht für meine Kinder fordern, damit sie bei mir bleiben konnten.

Mein Onkel sagte darauf hin zu mir, dass es zu früh wäre, jetzt über solche wichtigen Dinge Entscheidungen zu treffen. Ich hätte etwas ganz Schlimmes erleben müssen und ich bräuchte noch viel mehr Zeit, um über alles nachzudenken.
Ich bräuchte auch viel mehr Zeit, um über meine Zukunft und die Zukunft meiner Kinder entscheiden zu können. Für solche, wichtigen Entscheidungen müsste man Geduld haben und alle Seite müssten sorgfältig abgewogen werden. Die Dinge müssten reifen, bevor etwas abschließend festgelegt werden könnte.

Said kam in diesem Moment ins Zimmer. Er hatte wohl noch einiges von meinem Gespräch mit meinem Onkel mitgehört.
Er fragte auch gleich: „Welche Entscheidungen sollen getroffen werden"?

Ich konnte ihn nicht ansehen und ich wollte ihm auch nicht antworten. Ich wollte mit ihm nicht diskutieren, dazu fühlte ich mich nicht in der Lage.

Mein Onkel nahm Said an die Hand und sie verließen gemeinsam das Zimmer. Draußen vor der Tür sprach mein Onkel mit Said.

Er sagte ihm, dass ich mich erst noch einige Tage bei ihm und seiner Frau erholen müsste. Das wäre für meine Genesung wichtig, ich müsste noch mehr zur Ruhe kommen.
Wenn es mir dann besser gehen würde, dann könnten Said und ich nach einigen Tagen wieder zusammen nach Hause gehen.

Said achtete meinen Onkel und er willigte in den Vorschlag ohne große Diskussion ein.

Ich packte schnell meine Sachen im Krankenzimmer zusammen und verließ dann mit meinem Onkel und seiner Frau das Krankenhaus.

Ich fühlte mich erleichtert, vorerst in ihrem Haus wohnen zu können.

Im Hause meines Onkels kam ich tatsächlich mehr zur Ruhe und ich konnte meine Gedanken und meine Gefühle besser ordnen.

Ich fühlte mich erleichtert, weil ich etwas Abstand von den Erlebnissen nehmen konnte. Ich musste mich nicht mehr den Abläufen im Krankenhaus anpassen.

Und ich wusste, dass Said nicht in das Haus meines Onkels kommen würde.

Diese Ruhe trug dazu bei, dass ich meine Gedanken fokussieren und meinen Entschluss festigen konnte.
Ich wollte meine Entscheidung, Said und seine Familie zu verlassen, nicht rückgängig machen.
Das war das Einzige, was ich für meine beiden Töchter machen konnte, um sie vor dem zu schützen, was ihre große Schwester Nicma hatte erleiden müssen.
Ich musste verhindern, dass auch sie gegebenenfalls Opfer dieser traditionellen Handlungen werden konnten. Ich musste vor allem dafür sorgen, dass der Einfluss von Saids Mutter eingeschränkt wurde.

Alle aus meiner Ursprungsfamilie besuchten mich bei meinem Onkel. Mein Vater kam, meine Mutter kam und weitere Verwandte.

Alle, mit denen ich darüber sprach, rieten mir, zu meinem Ehemann und zu meinen Kindern zurückzukehren. Ich sollte die Familie nicht zerstören und den Kindern nicht den Vater wegnehmen.

Said wollte mich einmal besuchen, er wollte mit mir reden.
Aber ich wollte ihn nicht sehen.
Ich wollte mir seine Worte nicht anhören.

Alles, was ich wollte, waren meine Kinder.

Die Familien stimmen über meine Zukunft ab

Wenn es Unstimmigkeiten oder Streitereien gibt, dann geht man bei uns in unserer Gesellschaft nicht zum Rechtsanwalt oder gar zum Gericht.

Solche Probleme werden zwischen den Männern der beteiligten Familien diskutiert und verhandelt. Es wird so lange verhandelt, bis eine für alle Seiten annehmbare Lösung für das anstehende Problem gefunden und vereinbart wurde.
Die dabei getroffenen Regelungen gelten dann und werden von den Streitparteien akzeptiert und übernommen.

Nach einer Woche Aufenthalt bei meinem Onkel war ich noch fester entschlossen, nicht mehr zu Said und seiner Familie zurückzugehen. Mein Entschluss hatte sich noch mehr gefestigt, war noch richtiger geworden. Es gab in meinen Gedanken kein Zurückmehr für mich. Das verkündigte ich auch so.

Deshalb beschlossen die Männer aus Saids Familie und die Männer aus meiner Ursprungsfamilie sich zu treffen.
Sie wollten gemeinsam die Situation besprechen und darüber diskutieren, was sie zusammen tun konnten, um die Ehe von Said und mir zu retten.
Alternativ dazu suchten sie eine zufriedenstellende Einigung für beide Seiten, sollte die Fortführung unserer Ehe nicht möglich sein.

Die Männer der beiden Familien hatten bei ihrem ersten Treffen mehr als vier Stunden diskutiert und beraten.
Für Said kam es überhaupt nicht in Frage, sich von der Mutter seiner Kinder zu trennen. Er wollte nichts von Scheidung hören. Said verweigerte jeden Gedanken an Scheidung.

Die Beratung kam nicht voran und schließlich wurde das erste Treffen beendet.

Alle hatten sich aber dazu entschieden, einen Termin für ein weiteres Beratungstreffen zu vereinbaren. Sie hatten erkannt, dass es keine schnelle Lösung geben würde.

Sie hatten erkannt, dass es besser wäre, wenn es erst ein Gespräch nur mit mir und dann ein Gespräch nur mit Said geben würde. Dabei sollten die Gründe für eine Scheidung und die Folgen für jeden einzelnen von uns ganz ausführlich besprochen und ausgetauscht werden. Erst dann wollte man sich für die eine der beiden Seiten entscheiden und eine Lösung finden und festlegen.

Am Tag nach dem ersten Treffen besuchte Said mich bei meinem Onkel. Ich hatte zuvor schon von dem Vertagen der Beratungen erfahren.

Ich fühlte mich freier und sicher Said gegenüber und konnte mich auf ein Gespräch mit ihm einlassen.
Said wollte mit mir über die getroffenen Entscheidungen reden und mich darüber informieren, welche Aspekte bei der Zusammenkunft diskutiert und beraten worden waren.

Ich wollte nicht mit ihm streiten, aber manchmal musste ich ihm widersprechen, weil ich seine Sicht der Dinge und seine Interpretationen für nicht richtig hielt.
Mein Onkel hatte mich zuvor schon davor gewarnt, gemeinsam mit Said eine andere Lösung zu suchen.
Wir hatten eine lange Diskussion. Wir redeten über ihn, über mich, über unsere Ehe und über unsere Kultur.

Er klärte mich über seine Sichtweise zur Ehe auf. Er redete über die Kinder und die gemeinsame Zukunft mit ihrem Vater und ihrer Mutter.

Ich hörte ihm ruhig und aufmerksam zu. Ich wurde nicht aufbrausend oder laut. Ich fiel ihm nicht ins Wort, ich machte keinerlei Probleme.

Ich hörte alles, was er sagte, aber seine Worte berührten mich nicht.

Als er seine Argumentation beendet hatte, sagte ich ihm, dass ich mich bereits entschieden hatte. Ich hatte tagelang darüber gegrübelt und nachgedacht.
Die Zukunft meiner Kinder und meine Zukunft lagen nicht bei ihm und seiner Familie. Davon war ich fest überzeugt und ich würde meine Meinung auch jetzt nach seinem langen Monolog nicht ändern.

Meine Worte ärgerten ihn sehr. Ich konnte deutlich sehen, wie sich sein Gesicht mehr und mehr veränderte und Zorn in ihm aufstieg.

Aber er konnte mir nichts tun, was auch immer ich ihm sagte, denn ich war im Haus meines Onkels und hatte damit eine Schutzzone um mich.

Etwas anderes wäre es gewesen, wenn ich bei seiner Familie gewesen wäre. Dort hatte ich immer meine Worte sorgfältig wählen müssen. Dort hatte ich auch immer Situationen vermieden, in denen er wütend geworden wäre. Er hatte zwar noch nie die Hand gegen mich erhoben, aber...
Ich war in unserem Haus und bei seiner Familie immer vorsichtig gewesen, weil ich dort schutzlos war. Und ich hätte mich gegen ihn körperlich nicht wehren können.

Im Haus meines Onkels war es anders. Ich konnte ihm meine Sicht der Dinge und meine Meinung sagen. Ich hatte keine Angst, über alles zu reden, was für mich wichtig war. Und ich konnte ihm in Ruhe meine Entscheidung mitteilen.

Ich wollte ihn nicht verärgern und die Situation verschlimmern, aber ich musste ihm ganz deutlich sagen, dass ich meine Entscheidung, ihn zu verlassen, nicht ändern würde.

Als er meine Entschlossenheit sah, musste er akzeptieren, dass er mich nicht dazu bewegen konnte, meinen Entschluss zu ändern.

Er sagte zu mir: „ Wenn es dein letztes Wort ist und du es wirklich willst, dann wirst du deine Scheidung bekommen!
Aber meine Kinder gebe ich nicht her!
Sie werden ohne dich aufwachsen!
Meine Mutter und meine Schwestern werden sich um die Kinder kümmern und du wirst sie nie wiedersehen! Wenn du auf der Scheidung bestehst, dann kannst du nie mehr nach den Kindern fragen oder sie besuchen kommen!
Überlege es dir gut!
Ich gebe dir ab heute eine Woche Zeit, um deine Entscheidung zu überdenken"!

Nachdem er mir das alles so deutlich gesagt hatte, bekam ich Angst.

Ich bekam Angst, mich von ihm scheiden zu lassen und mich von seiner Familie zu trennen. Denn er und seine Mutter würden mich von meinen Kindern trennen.
Dabei tat ich das alles doch nur für meine Kinder. Sie wollte ich beschützen und nicht verlieren, um sie musste ich kämpfen.

Ich antwortete ihm mit fester Stimme, auch wenn die Angst mich innerlich zittern ließ. Ich sagte ihm, dass ich keine Woche zum Nachdenken brauchen würde, mein Entschluss wäre unveränderlich.

Ich sagte ihm: „ Meine Tochter Nicma ist vor einigen Tagen gestorben. Er, als Vater und seine Familie tragen daran die Schuld.

Ich werde meine zwei anderen Töchter nicht dem gleichen Schicksal überlassen, wie es ihre große Schwester hatte erleiden müssen. Ich werde alles tun, um sie zu retten und davor zu bewahren.

Was auch immer passieren würde, ich werde als Mutter meine Kinder nie verlassen.

Wenn du als Vater deine erstgeborene Tochter vergessen und die Gründe für ihren Tod ignorieren oder zur Seite schieben kannst, ich kann das nicht.

Ich werde niemals vergessen, wer für all das, was passiert war, verantwortlich ist."

Said hatte mir gar nicht mehr richtig zugehört. Er war so sauer, weil ich ihm widersprochen und meine eigene Entscheidung getroffen hatte. Ich konnte sehen, wie er versuchte, seine innere Wut im Zaum zu halten.

Er sagte nur noch, dass es für ihn unmöglich wäre, meine Meinung zu diskutieren und zu akzeptieren.

Seine Position wäre unveränderbar. Er betonte, dass in unserer Kultur geregelt ist, dass der Mann immer die Verantwortung für die Kinder hat, auch nach einer Scheidung. Der Frau stehen hier keinerlei Rechte auf die Kinder zu.

Ich muss die Realitäten anerkennen

Die Frau meines Onkels, in dessen Haus das Treffen mit Said stattgefunden hatte, hatte die Diskussion zwischen Said und mir gehört. Sie war nebenan in dem Raum gewesen, in dem Said und ich auf einander getroffen waren.

Nachdem Said das Haus verlassen hatte, kam meine Tante zu mir. Sie setzte sich mir gegenüber hin und schaute mich lange schweigend an. Ich sah in ihren Augen, dass sie sich Sorgen um mich machte. Gleichzeitig fühlte ich mich von ihr verstanden und unterstützt.

Sie war ein Halt für mich.
Sie fragte mich mit ihrer ruhigen Stimme, warum ich mich jetzt schon scheiden lassen wollte, obwohl die Beratungen der Familien noch nicht beendet waren. Es gab noch keine Entscheidung für oder gegen mich.

Ich konnte mich nicht mehr zurückhalten und fing an, heftig zu weinen. Die Tränen schossen aus meinen und Augen und es dauerte lange, bis ich mich etwas beruhigen konnte.

Ich redete über meine Kinder und erklärte, warum es mir mit der Scheidung so wichtig war und warum ich sie unbedingt wollte.
Ich musste doch meine Kinder vor Saids Mutter retten.

Meine Tante hatte schweigend und aufmerksam zugehört. Dann sagte sie, dass eine Scheidung auf diese Art und Weise keine Lösung wäre. Schon gar nicht für die Mädchen. So könnte ich sie nicht beschützen.

Sie sagte weiter: „ Wenn du dich jemals vom Vater deiner Kinder trennen willst, muss die Trennung im Guten passieren.

Die Kinder wären sonst immer den Übergriffen der Familie ausgesetzt und es ist nicht gut für Kinder, wenn sie in Angst aufwachsen. Das wäre kein einfaches Leben für sie.
Du bist noch eine junge Frau, und sowohl du als auch deine Kinder brauchen ihren Vater viel mehr, als du dir jetzt denken kannst".

Sie machte eine kurze Pause, als wollte sie mir Zeit zum Nachdenken geben.
Dann fuhr sie fort: „ Ich glaube nicht, dass Said akzeptieren wird, dass die Kinder bei dir bleiben. Selbst, wenn er erstmals nichts unternehmen und dir sogar monatlich Geld für Essen und Trinken für die Kinder geben würde. Er wäre letztendlich nicht damit einverstanden, wenn die Kinder nur bei dir wären.
Hör auf, dich in deine Gedanken einzusperren und nur an Scheidung zu denken. Das ist nicht der richtige Weg. Du musst eine andere Lösung finden. Es gibt für jedes Problem eine Lösung, man muss suchen und in alle Richtungen denken.
Die Trennung zwischen dir und Said ist noch nicht von allen Seiten beschlossen. Noch sind Lösungen möglich, an die bisher noch nicht gedacht wurde.
Denk an deine Kinder. Vielleicht musst du auch Opfer bringen, aber wähle, was besser für die Kinder ist. Und hör auf, dich von jeglicher Diskussion über die Zukunft von dir und deinen Kindern auszuschließen.
Überlege, ob du einen Weg finden kannst, ohne dich scheiden zu lassen. Denk darüber nach, was zwischen dir und Said geändert werden muss, damit ein Zusammenleben weiter möglich ist."

Nach diesen vielen Worten schwieg sie. Sie blieb weiter gedankenversunken bei mir sitzen.

Ich spürte, dass sie jetzt keine Antwort von mir erwartete.

Das Gespräch mit meiner Tante und ihre ruhige, verständnisvolle Art nahmen Druck von mir. Es war, als lösten ihre Worte Fesseln in mir, die meine Gedanken und Gefühle eingeschnürt hatten.

Ich konnte etwas durchatmen und mich beruhigen. Meine Gedanken waren immer im Kreis gelaufen, jetzt hatte ich die Gelegenheit bekommen, sie neu zu ordnen.

Ich begann, nach anderen Lösungen zu suchen. Gab es nicht noch andere Möglichkeiten für mich, als nur die Scheidung?

Was wäre der Preis, den ich dafür zu zahlen hätte, wenn ich auf einer Scheidung bestehen würde?

Alle aus meiner Familie hatten mir geraten, wegen der Kinder bei Said zu bleiben. Wenn ich ihn verlassen würde und die Kinder bei ihm bleiben würden, dann konnte ich nichts mehr für sie tun.

So wollte ich das nicht.

Ich wollte meine Kinder erziehen und sie vor Gefahren beschützen, Das konnte ich aber nur machen, wenn ich mit ihnen zusammen wäre.

Ich hatte lange mit mir selbst diskutiert und Lösungsmöglichkeiten gedanklich durchgespielt. Das „dafür" und das „dagegen" abgewogen.

Das war ein intensiver Prozess. Manchmal brauchte ich die ermutigenden Worte meiner Tante, um nicht wieder im Gedankenkarussell zu landen.

Letztendlich fasste ich den Entschluss, wegen der Kinder bei Said zu bleiben. Ich konnte meine Entscheidung vor mir selbst rechtfertigen und dazu stehen.

Ich würde ein Opfer bringen, nämlich den Verzicht auf eine Scheidung.

Dafür wollte ich aber nicht mehr zu Saids Familie zurückkehren.

Ich wollte mit meinen Kindern alleine in einem eigenen Haus leben.

Es war für mich schwierig, diese Entscheidung zu treffen, da ich das Gefühl hatte, dass es eigentlich nicht meiner inneren Überzeugung entsprach.
Es war eine Entscheidung, die ich für meine Töchter treffen musste. Etwas anderes konnte ich nicht für sie tun.

Aber, wenn ich schon zu Said zurückgehen musste, dann wollte ich nicht bei seiner Familie leben. Dort hätte ich mich ständig beobachtet gefühlt. Ich hätte dort immer unter der Kontrolle von Saids Mutter gestanden. Sie hätte mich dauernd im Auge gehabt. Sie hätte genau beobachtet und gewusst, wo ich war, was ich tat und was ich gegessen hatte.
Sie hätte immer alles in meinem täglichen Leben gesehen, ich hätte nichts vor ihr verbergen können. Sie hätte mich ständig überwacht.

Ich hätte dort auch keine Entscheidungen für meine Kinder, für Said und mich als Paar und für mich alleine gegen ihren Willen treffen können.

Ich hoffte, dass das alles anders wäre, wenn ich mit meinen Töchtern und meinem Sohn alleine leben würde. Ich konnte dann die Dinge entscheiden, die mit meiner Familie, mit Said und mir zu tun hatten.

Said war der Vater der Kinder und er trug die Verantwortung für sie.

Nicht seine Mutter!

Said war in der Vergangenheit weder grob noch gemein noch beleidigend zu mir. Ich hatte auch kein Problem mit ihm, auch wenn ich nichts für ihn empfinden konnte.

Meine Probleme, meine Sorgen und Befürchtungen bezogen sich auf Saids Ursprungsfamilie und da ganz besonders auf seine Mutter.

Ich hatte auch daran gedacht, meine Kinder zu nehmen und zu meinem Vater und meiner Mutter zu gehen, zurück in mein Elternhaus.

Aber ich gab diese Überlegung wieder auf.
Mein Vater und meine Mutter hätten meine Kinder Said zurückgegeben, ihrem rechtmäßigen Vater.

Bei uns sind es die Väter, die den Unterhalt für ihre Kinder bezahlen und die Bedürfnisse der Kinder finanzieren.
Sie sind auch diejenigen, die Entscheidungen für und über ihre Kinder treffen. Das alles liegt in der Verantwortung der Väter.

Weder mein Vater noch meine Mutter hätten sich Said widersetzen können, wenn er seine Kinder eingefordert hätte.

Ich hatte auch daran gedacht, mit meinen Kindern wegzulaufen. Aber ich wusste nicht, wohin ich hätte gehen können.

Ich hatte kein Geld.
Ich hatte keine Papiere.
Ich war in meinem Leben noch nie verreist.
Ich war nicht einmal in der Hauptstadt meines Landes gewesen.

Außerdem hätte Said mich und die Kinder früher oder später gefunden.

Ohne Geld und ohne Papiere war es unvorstellbar, sich irgendwo im Land zu verbergen, ohne gefunden zu werden.
Ich verwarf auch diese Gedanken.

Ich blieb bei der Lösung, die ich mit Hilfe meiner Tante gefunden hatte.

Nachdem ich meine Entscheidung verkündet hatte, freuten sich alle für uns. Auch meine Familie und auch Saids Familie.

Alle fragten nach den Gründen für meinen Entschluss. Ich versicherte, dass ich alles lange durchdacht hatte und dass ich zu dieser Lösung fest entschlossen wäre.
Das konnte beide Familien so akzeptieren und sie begannen, nach einem Haus für uns zu suchen, das in der Nähe von Saids Arbeitsplatz lag.

Ich kannte die Reaktion von Saids Mutter nicht. Aber ich schaute auch nicht genau hin, ich wusste instinktiv, dass sie gegen unsere Entscheidung war.
Aber sie konnte nichts dagegen machen, sie musste die Situation so hinnehmen, wie sie war. Denn sowohl Saids Familie als auch meine Ursprungsfamilie hatten zugestimmt und sie konnte nichts dagegen unternehmen.
Ich hatte nie versucht herauszufinden, wie ihre Reaktion war.

Es war mir egal, was sie dachte.

Ich musste nicht mehr bei ihr und ihrer Familie leben. Sie hatte mir nichts mehr zu sagen. Es war mir egal, ob sie mich mochte.

Ich hatte jetzt mein eigenes Haus!

Ein neuer Versuch

Bei uns in Somalia ist es Tradition, dass die beteiligten Familien ein Fest veranstalten, wenn eine Frau nach einem Streit mit ihrem Mann nach Hause zurückkehrt. So hatten es auch Saids und meine Familie gemacht.

Sie hatten eine Ziege geschlachtet und über einem Feuer in einer großen Pfanne das Fleisch mit viel Gemüse gebraten.

Damit wurde ich in meinem neuen Haus willkommen geheißen.

Es wurde Essen für viele Menschen zubereitet. Viele kamen, aßen mit uns und beteten, damit unsere Familie vor jed möglichem Unglück geschützt werden würde. Friede und Schutz sollte über unserer Familie liegen.

Das Fest ging langsam zu Ende, die Frauen hörten auf herumzualbern und begannen, das Haus zu putzen, nachdem viele Gäste gegangen waren.

Als die meisten der Besucher weg waren, betrat ich erstmals bewusst mein neues Haus. Vorher waren immer viele Menschen um mich herum gewesen. Jetzt konnte ich mich auf mein neues Zuhause konzentrieren und es annehmen.

Die Frauen aus Saids Familie hatten alles vorbereitet, alle Räume waren sauber und ordentlich hergerichtet.
Ich ging in mein Zimmer, in dem Saids Mutter und meine Kinder auf mich warteten.
Ich nahm meine Kinder in die Arme und wir blieben eine zeitlang engumschlungen still stehen.

Wir fühlten uns, wir brauchten keine Worte.
Frieden und Glücksgefühle durchströmten uns. Wir hatten uns wieder und für den Moment gab es keinerlei Probleme.

Dann löste ich mich von den Kindern und trat vor Saids Mutter. Entsprechend unserer Kultur küsste ich sie auf den Kopf.

Aber sie schaute weg, als ich ihren Kopf und ihre Hand küsste.

Sie sprach kein Wort zu mir und sagte auch nichts zu meiner Rückkehr.

Aber als ich meine Kinder sah und sie in meine Arme nehmen konnte, vergaß mich all die Probleme und Verärgerungen, die ich wegen ihr hatte.
Ich dachte mir im Stillen: „ Mach alles, so gut wie du es kannst. Denk nicht an sie."

Als die Begrüßungsfeier vorbei war, verließen auch die letzten Gäste, einer nach dem anderen, unser Haus. Manche kamen noch zurück in mein Zimmer, um sich von mir zu verabschieden.

Die älteren Frauen aus meiner und aus Saids Familie halfen noch etwas beim Aufräumen.
Sie waren alle sehr nett zu mir und gaben mir den Rat, geduldig, mutig und stark zu sein. Ich sollte immer meinen Weg vorwärts gehen und bei allem an die Kinder und deren Zukunft denken.

Die vielen freundlichen Worte und Ratschläge weckten in mir die Erinnerung an die Auseinandersetzung mit Said. An meinen Wunsch, mich von ihm zu trennen.

Ich fühlte ganz deutlich die Verpflichtung, für meine Kinder da zu sein, auch wenn ich wider meinen Willen dafür zu Said zurückgekehrt war.

Saids Mutter war die letzte Person, die das Haus verließ.

Sie sagte kein Wort zu mir.

Sie küsste die Kinder und ging wortlos an mir vorbei. Ich ging mit ihr bis zur Tür.

Ihr Sohn Said wartete draußen auf sie.

Saids Schwester Nicma hatte ich die ganze Zeit nicht gesehen. Sie hatte mich auch nicht begrüßt und war auch nicht zu mir in mein Zimmer gekommen.

Vielleicht war sie sauer und wütend auf mich. Ich hatte keine Ahnung und konnte keinen Grund sehen, warum sie verärgert über mich sein konnte.

Als ich zurück in mein Zimmer ging, sah ich dann Nicma. Und sie sah mich.

Sie schaute kurz auf mich, sagte aber kein Wort zu mir. Ich konnte mir ihr Verhalten nicht erklären. Sie hatte früher doch viel Verständnis für mich gehabt und wir waren uns doch vertraut.

Aber jetzt ging Nicma mit ihrer Mutter fort, ohne mit mir ein Wort gewechselt zu haben. Ohne mich begrüßt zu haben, ohne sich von mir zu verabschieden.

Der Alltag im neuen Haus

Said war mit seiner Mutter und seiner Schwester weggegangen, um sie nach Hause zu begleiten.

Er ist später nicht zurückgekommen, er ist in dieser Nacht nicht in unserem Haus aufgewacht, weil er wütend auf mich war.

Er war wütend auf mich, weil er sich von mir respektlos behandelt gefühlt hat. Er warf mir vor, ihm bei unseren Diskussionen nicht richtig zugehört zu haben und nicht auf seine Argumente und Gründe eingegangen zu sein. Er war wütend, weil wir jetzt in einem Haus, weit weg von seinem Elternhaus, lebten.
Er fand es überhaupt nicht gut, nicht mehr neben seiner Mutter zu wohnen. Früher war er immer nach seiner Arbeit zuerst zu seiner Mutter gegangen, bevor er zu mir und zu seinen Kindern kam.
Das alles war so nicht mehr möglich und deshalb war er so sauer und wütend.

Ich kannte seine Beweggründe schon länger, es gab keine neuen Argumente, auf die ich hätte eingehen müssen.

Sein Verhalten hat mich deshalb erstmals nicht beeindruckt.

Für mich war das Zusammenleben mit meinen Kindern wichtig. Ich beschloss, mein Leben weiter zu führen, ohne auf Saids Verhalten zu schauen und ohne mich von seiner Art mir gegenüber beeindrucken zu lassen.
Aber er veränderte sich.
Mit der Zeit wurde er aggressiver und unerträglicher.
Ich hielt das alles nur aus, weil ich wusste, warum ich das alles tat. Ich lebte in diesem neuen Haus wegen meiner Kinder, nicht wegen Said.

Ich hatte ihm zugehört, wenn er Dinge sagte, die für uns alle wichtig waren.

Ich hatte ihm gesagt, dass er mir jeden Monat Geld geben musste, damit ich etwas einkaufen gehen konnte. Als wir noch im Haus neben seinen Eltern lebten, hatte er immer sein ganzes Geld seiner Mutter gegeben. Ich musste dann jedes Mal zu ihr gehen und sie fragen, wenn ich Geld brauchte. Ich musste ihr erklären, wofür ich das Geld benötigte, bevor sie mir etwas gab.

Jetzt musste er mir das Geld geben, damit ich alles einkaufen konnte, was für die Ernährung der Kinder und für ihn und mich notwendig war.

Er zögerte erst und wurde noch wütender, aber er musste mir das Geld geben.

Für meine Kinder und für mich war es gut, dass Said oft bei seiner Mutter oder auf seiner Arbeit war. Da mussten wir ihn nicht zuhause ertragen.

Saids Mutter schickte immer wieder eine ihrer Töchter zu uns, um zu erfahren, was es Neues bei uns gab. Angeblich um zu sehen, ob bei uns alles gut laufen würde und wie wir in unserem neuen Haus zurechtkamen. In Wirklichkeit hatte sie ihr Verhalten nicht geändert. Sie wollte immer alles wissen, was wir machten und wie wir lebten. Unser Leben im alten Haus war von ihr ständig beobachtet worden, so sollte es jetzt auch weitergehen.

Und weil sie das nicht selbst sehen konnte, schickte sie immer eine ihrer Töchter bei uns vorbei.

Mich hatte das erstmals genervt, aber zumindest musste ich Saids Mutter nicht mehr jeden Morgen sehen und hören.
Und ich musste mir nicht mehr ihre harte Stimme anhören, die nie etwas Freundliches zu mir gesagt hatte.

Ich fühle, es ziehen dunkle Wolken auf

Ich wohnte mit meinen Kindern jetzt bereits fast zwei Jahre in unserem neuen Haus. Die Zeit seit dem Einzug war recht schnell vergangen.

Abends, wenn die Kinder eingeschlafen waren, hatte ich Zeit, meine Gedanken ungestört frei laufen zu lassen.
Ich erinnerte mich an das Einzugsfest. An all die vielen Menschen, die Said und mich zu unserem neuen Haus beglückwünscht und uns alles Gute für unser weiteres Zusammenleben gewünscht hatten.

Ich erinnerte mich auch an meine Hoffnungen, dass durch die Distanz zu Saids Mutter mein Leben einfacher und freier werden würde.

Ich ließ die letzten 24 Monate wie einen Film in meinem Kopf ablaufen.

Was war zwischenzeitlich alles geschehen? Was hatte sich für mich verändert? War mein Leben leichter geworden? Oder, war sogar tatsächlich das eingetreten, auf das ich gehofft hatte?

Als Ergebnis meiner Gedankenreise musste ich feststellen, dass ich fast in der gleichen Situation geblieben war, wie vor dem Einzug in das neue Haus. Es gab zwar die Distanz zu Saids Familie, die einiges für mich leichter machte, aber das Leben mit Said hatte sich nicht verändert.

Ich hatte mich nicht bemüht, mit ihm besser auszukommen. Ich hatte mich nicht an seine Regeln angepasst. Ich hatte weiterhin seinen Vorstellungen vom Familienleben und von der Rolle der Ehefrau nicht entsprochen.
Ich hatte auch nicht versucht, mit seiner Familie Kontakt aufzunehmen.

Said hatte sich auch nicht bemüht. Weder mich zu verstehen noch uns allen ein erträgliches Familienleben zu ermöglichen. Said war immer kalt zu mir und zu unseren Kindern.

Wenn wir etwas brauchten, zum Beispiel Geld für Essen und Trinken oder um andere wichtige Dinge zu kaufen, schickte ich immer die Kinder zum Haus seiner Eltern.
Wenn er nicht bei seiner Arbeit in der Moschee war, dann hielt er sich fast immer im Haus seiner Eltern auf. Meistens begleitete er dann die Kinder zurück und gab mir das Geld.

Es gab in diesen Situationen eigentlich kein Gespräch zwischen Said und mir. Er regelte knapp, was zu regeln war. Ich fühlte die Kälte, die von ihm mir gegenüber ausging. Er war unzufrieden und immer eine Spur wütend. Er hatte keine freundlichen Gefühle für mich.

Ich hatte aber auch keine schönen Gefühle, wenn ich ihn sah. Ich war ihm gegenüber verschlossen, ich wollte nur die notwendigen Dinge mit ihm regeln.
Ich war ja nur wegen der Kinder bei ihm geblieben. Seit dem Tod unserer großen Tochter war für mich ein harmonisches Familienleben mit Said zusammen unmöglich.
Das spürte ich immer stärker.

Mein Vater ist gestorben

Außerhalb meiner kleinen Welt hatten sich zwischenzeitlich gravierende Dinge ereignet, die Einfluss auf mein weiteres Leben nahmen.

Ich lebte mit meinen Kindern schon einige Zeit in unserem neuen Haus, als mein Vater verstarb.
Er war lange krank gewesen, seit seinem letzten Krankenhausaufenthalt war er nicht mehr richtig gesund geworden.
Er hinterließ meiner Mutter und mir sein Land. Es gab keine weiteren Haupterben.
Die Erbaufteilung fand in meinem Elternhaus statt.

Ich bin alleine dorthin gegangen. Meine Beziehung zu Said war auf einem Tiefpunkt, er hatte mich deshalb nicht begleitet. Ich hatte ihn auch nicht gefragt, ob er mitkommen wollte.
Meine Kinder hatte ich in der Obhut von Saids Schwestern gelassen.

Als ich zu meinem Elternhaus kam, sah ich schon von weitem den großen Baum, der auf unserem Hof stand.
Der Baum, in dessen Schatten immer die Männer gesessen und miteinander geredet hatten.
Der Baum, unter dem in der Vergangenheit immer alle wichtigen Entscheidungen von den Männern diskutiert und beschlossen worden waren.
Jetzt sah ich beim Näherkommen, dass wieder die Männer meiner Ursprungsfamilie unter diesem Baum saßen.

Erinnerungen kamen in mir hoch. Ich musste daran denken, wie meine Brüder und ich als Kinder unter diesem Baum gespielt hatten.

Ich musste daran denken, wie ich noch wenige Tage vor meiner Hochzeit dort mit meinen Freundinnen glücklich gespielt hatte.

Und ich musste daran denken, dass unter diesem Baum meine Verheiratung mit Said vereinbart worden war. Damit wurde mein Leben abrupt verändert. Meine schöne Kinderzeit war mit einem Schlag beendet worden.

Ich hatte so viele Erinnerungen und Emotionen beim Anblick dieses Baumes. Ich konnte eine Zeitlang nicht weitergehen. Ich stand auf der Stelle und ließ die vielen Bilder aus meiner Vergangenheit vor meinem inneren Auge auftauchen und dann auch wieder verschwinden.

Es dauerte eine Weile, bis ich mich wieder in der Gegenwart einfinden konnte.

Ich konnte mich auf die Gespräche über die Erbaufteilung nicht richtig konzentrieren.
Ich saß mit meiner Mutter etwas abseits der Männerrunde, aber wir hörten alles, was dort diskutiert wurde.

Für die Aufteilung war extra ein Imam gekommen. Er leitete die Diskussionsrunde, er kannte die Regelungen, die bei einer Aufteilung zu beachten waren.
Er wusste, wer wie viel von dem Land bekommen sollte. Er legte die Verteilung fest. Für den regulären Ablauf und für die Bestätigung mussten mindestens zwei Zeugen anwesend sein, entweder zwei Männer oder ein Mann und zwei Frauen.
Alle stimmten der Aufteilung zu und es wurde festgelegt, dass meine Onkels einen kleinen Teil von Vaters Land erben sollten.

Sie bekamen weniger als meine Mutter und viel weniger als ich.

Die Onkels beschlossen dann, die Teile ihres Erbes meiner Mutter und mir zu übertragen. Sie hatten selbst genug Land, mehr als mein Vater gehabt hatte.

Ich beschloss, mein Erbe erst nach dem Tod meiner Mutter anzutreten. Ich konnte mich jetzt noch nicht um das Land kümmern.

Um die Bearbeitung und Nutzung des Landes kümmerten sich weiterhin meine Onkels. Das hatten sie die ganze Zeit schon getan, denn Vater konnte nicht mehr auf den Feldern arbeiten, dazu war er zu krank gewesen.
Die Onkels konnten für ihre Arbeit einen Teil der Ernte behalten. Der andere Teil stand meiner Mutter zu. Sie verkaufte am Straßenrand dann das Meiste ihres Anteils und konnte von dem Erlös ihren Lebensunterhalt bestreiten.

Ich war froh, dass meine Mutter noch lebte und ich hoffte, dass sie noch viele Jahre da sein würde. Über allem lag aber trotzdem der Schmerz, dass mein Vater meine Mutter und mich verlassen hatte.

Mit Wehmut im Herzen und großer Trauer verließ ich am nächsten Tag meine Mutter und mein Elternhaus.
Der Abschied fiel mir schwer. All das noch aus Kindertagen Vertraute zu verlassen. Es machte mich auch sehr traurig, dass meine Mutter jetzt ganz alleine hier leben musste.
Ich beschloss, sie mit meinen Kindern öfters zu besuchen, wenn es sich irgendwie ermöglichen lassen würde.

Dann machte ich mich auf den weiten Weg, zurück zu meiner neuen Heimat und vor allem zurück zu meinen Kindern.

Zurück im Alltag

Zurück an meinem neuen Wohnort hatte sich mein Leben wieder scheinbar normalisiert. Ich kümmerte mich um meine Kinder und um unser Haus.

Und wenn es sich nicht verhindern ließ, musste ich auch Said begegnen.

Ich hatte lange Zeit gebraucht, um wieder in meinem Alltag anzukommen. Eine lange Zeit, die ich für Nachdenken gebraucht hatte.

Zum Reflektieren, was zwischenzeitlich alles passiert war, wo ich stand, was ich vom Leben wollte.

Ich spürte in meinem Innersten eine große Angst vor dem, was da noch alles auf mich zukommen würde.

Und ich spürte, dass auch meine zwei Töchter Angst vor der Zukunft hatten. Sie hatten Angst, dass sie das gleiche Schicksal ereilen würde, dass ihre große Schwester erlitten hatte.

Sie wussten zwar nicht ganz genau, was mit Nicma passiert war, aber sie fühlten in ihren Herzen, dass auf sie eventuell auch etwas ganz Schlimmes zukommen konnte.

Ich konnte den Tod meiner Tochter Nicma nicht vergessen. Ich hatte immer wieder die Bilder von ihrem traurigen Blick und ihrem geschundenen Körper vor Augen.

Wie ein Film zogen die damaligen Ereignisse an meinen inneren Augen vorbei, verschwanden und kamen dann wieder.

Täglich, mehrmals am Tag, ständig.

Ich wusste nicht, wie ich das alles für meine Töchter verhindern konnte.

Was ich tun konnte, wo ich anfangen sollte. Ich war mir sicher, dass früher oder später Saids alte Mutter kommen würde. Und sie würde dann die Mädchen von mir fordern.

Sie würde die zwei ohne meine Erlaubnis mitnehmen. Ich hatte jeden Tag Angst, dass sie ohne vorherige Ankündigung an meiner Tür anklopfen würde.

Ich musste mich mental und finanziell darauf vorbereiten, dass dieser Tag kommen würde.

Ich traf zunächst Entscheidungen, um meine finanzielle Situation zu verbessern.
Von dem Geld, das Said mir monatlich für Essen und Trinken gab, zweigte ich immer etwas ab und versteckte es im Boden unter dem Tisch neben der Tür.

Außerdem habe ich den kleinen Mädchen in meiner Nachbarschaft Zöpfe ins Haar geflochten und dafür bekam ich manchmal von deren Eltern ein kleines Trinkgeld.
Jeden Monat habe ich etwas gespart und in mein Versteck gelegt, die Geldsumme wurde von Monat zu Monat immer etwas größer.

Ich vergrub das Geld immer ganz heimlich, niemand sollte mich dabei sehen. Niemand sollte von meinem Versteck und dem Geld wissen.

Auch meine Kinder nicht. Sie hätten in ihrer Unschuld sonst vielleicht ihrem Vater davon erzählt und ihm mein Versteck gezeigt.

Krieg und Chaos

In Somalia begannen Unruhen.

Der bisherige Präsident war ein Militär und hatte sich durch einen Putsch an die Macht gebracht. Er hatte das Land diktatorisch geführt und seine Politik mit harter Hand durchgesetzt.

Jetzt plötzlich war er verschwunden. Er war von einem auf den andern Tag verschwunden und keiner wusste warum.
Keiner wusste, ob er tot oder noch am Leben war.
Keiner wusste, wo er geblieben war. Es gab keinen Leichnam von ihm, es gab allerdings auch keinerlei Lebenszeichen.
Er war einfach weg und hinterließ durch sein plötzliches Verschwinden ein Machtvakuum.
Er hatte als Diktator geherrscht und hatte niemanden neben sich geduldet. Deshalb gab es auch keinen Stellvertreter und auch keine Gruppierung von Politikern, die die Regierungsgeschäfte hätten übernehmen können.

Jetzt begann der Kampf um die Macht.

Die Volksgruppe, aus der der ehemalige Präsident kam, wollte natürlich einen aus ihrem Kreis an die Macht bringen. Auch, um weiterhin die Privilegien zu bekommen, die bisher nur ihnen zugutegekommen waren.

Es gab aber noch zwei weitere mächtige Volksgruppen, die ebenfalls die Macht für sich reklamierten.
Es gab keine Verständigung zwischen den Gruppen, jede beharrte auf ihrem Standpunkt. Und weil man nicht ernsthaft miteinander redete und verhandelte, suchten die Gruppen eine militärische Lösung.

Es begann ein Bürgerkrieg, in dem die drei Gruppen um die Macht kämpften. Das Gebiet, aus dem der ehemalige Präsident stammte, war am stärksten von den Kämpfen betroffen.

Es herrschten Gewalt, Zerstörung und Chaos.
Es gab keine öffentliche Ordnung mehr, es gab keine Sicherheit für die Menschen in den umkämpften Gebieten.
Die dort Lebenden waren dem willkürlichen Handeln der kämpfenden Gruppen ausgeliefert.

Die Menschen flohen deshalb aus den großen Städten auf das Land in die Dörfer. Manche flohen auch ins benachbarte Ausland. Manche flüchteten auf mehr oder weniger sicheren Booten über das Meer in den Yemen.

Ich gehörte zu einem kleinen Volksstamm, der die religiösen Werte hochhielt und danach lebte. Das politische Geschehen hatte bisher keine große Rolle bei uns gespielt.
Mein Ehemann Said stammte ebenfalls aus der gleichen Volksgruppe.

Wir hatten auf dem Land keinen Fernsehempfang und es gab auch kein Internet oder sonstige soziale Netzwerke.
Die Männer saßen abends oft zusammen. Wenn alle schliefen, hörten sie um Mitternacht im Radio BBC oder einen anderen lokalen Sender.
Sie verbreiteten die gehörten Neuigkeiten aber meistens nicht weiter, fast alles, was sie gehört hatten, behielten sie bei sich und informierten niemanden.
Deshalb wussten die Frauen und die Kinder lange nichts vom Krieg und dem gefährlichen Leben in den großen Städten.
Wir hatten keine Ahnung von den Zerstörungen, den Toten und der

Gewalt, die das Land befallen hatten.

Es flohen immer mehr Menschen aus den Ballungsgebieten raus auf das Land. Auch in unser kleines Dorf kamen jetzt Geflüchtete an.

Von ihnen erfuhren wir Frauen und die Kinder, was im Land vor sich ging.

Ich hatte meine eigenen Probleme, die mich täglich quälten und für die ich noch immer keine richtige Lösung gefunden hatte.

Deshalb versuchte ich nicht, alle Berichte der Geflüchteten zu hören und zu verstehen. Ich fragte nicht nach, ich wollte keine genaueren Hintergründe erfahren.

Aber ganz konnte ich mich dem Ganzen nicht entziehen. Die Berichte der Menschen, die in unser Dorf kamen, berührten mich doch sehr. Ich konnte meine Ohren nicht vollständig verschließen.

Diese Menschen hatten teilweise alles verloren. Manche hatte ihre Liebsten verloren, der eine seinen Vater oder seine Mutter, die anderen ihre Kinder oder Onkels, Tanten und Cousinen. Viele hatte Tote in ihrem Familienkreis zu beklagen.
Es gab auch viele Menschen, die Verletzungen durch Granateinschläge oder Schusswunden hatten.
Es gab Menschen, die Körperteile verloren hatten und die ihr weiteres Leben mit Arm- und /oder Beinamputationen bewältigen mussten.

Viele von ihnen hatten alles aufgegeben, das eigene Haus, das Auto, ihr Geschäft oder ihre Arbeit. Alles, wo für sie ein Leben lang gearbeitet und gespart hatten.

Manche hatten so sehr um ihr Leben fürchten müssen, dass sie Hals über Kopf geflüchtet waren und jetzt mit nichts in unserem Dorf ankamen. Sie hatte nur das, was sie am Leib trugen. Sie hatten weder etwas zum Essen oder zum Trinken, noch sonstige lebenswichtigen Dinge bei sich.

Die Leute aus meinem Dorf versuchten, so gut es ging, den Ankommenden zu helfen und sie zu unterstützen.
Sie teilten mit denen, die am wenigsten hatten, die eigenen bescheidenen Vorräte an Nahrungsmitteln, Kleidung und Decken.

Ich musste mir nach einiger Zeit die Erzählungen der Geflüchteten anhören, ich konnte dem nicht mehr aus dem Weg gehen. Ich nahm ihr Leid und ihre Sorgen um ihr weiteres Leben zur Kenntnis.

Aber ich hatte immer mein Leid und meine Sorgen um das Leben meiner Kinder und um mein Leben im Kopf.
Ich erzählte niemandem von meinen Problemen. Ich hatte auch keine vertrauten Personen, mit denen ich hätte reden können.

Niemanden aus meiner Familie, keine Freundin, keine verständnisvollen Nachbarn.

Ich hätte nur mit meiner Mutter über meine Sorgen sprechen können, aber sie lebte zu weit weg von meinem Wohnort.

Bedrohungen nehmen zu

Mein Leben wurde immer schwieriger, es gab fast jeden Tag neue Prüfungen für mich und für meine Kinder.
Ausgangspunkt dafür war immer meine Schwiegermutter.

Ich hatte beobachtet, wie meine Schwiegermutter die Nähe zu meinem Ehemann Said benutzt hatte, um das Vertrauen und die Liebe der Kinder zu gewinnen.
Sie versuchte, einen Keil zwischen mich und meinen Kindern zu schieben.
Sie widersprach in Anwesenheit der Kinder meinen Werten und widersetzte sich meinen Erziehungsregeln.

Auch Said schloss sich seiner Mutter an. Auch er versuchte, die Kinder zu manipulieren und sie zu sich auf seine Seite zu ziehen.

Ich konnte wenig dagegen machen, er behauptete, es wäre schließlich seine Mutter und damit die Großmutter der Kinder. Sie wäre aufgrund ihrer Position dazu berechtigt, mir zu widersprechen.

Wenn ich mich manchmal weigerte, bestimmte, nicht unbedingt notwendige Sachen für die Kinder zu kaufen, dann kaufte die Großmutter diese Dinge.
Damit versuchte sie, sich die Liebe der Kinder zu erkaufen.

Ich konnte immerhin das Geld sparen und beiseite legen, davon wusste dann weder Schwiegermutter noch sonst irgendjemand.

Mein kleiner Sohn war damals ungefähr zweieinhalb Jahre alt. Manchmal kam Saids Mutter vorbei und nahm ihn einfach mit zu sich nach Hause. Sie fragte mich nie um Erlaubnis. Es war ihr total egal, ob ich damit einverstanden war. Sie nahm sich einfach das Recht heraus, als Großmutter ihren Enkel mitzunehmen.

Er blieb dann meistens für 2 – 3 Tage bei seinen Großeltern und schlief dort.

Mir war das nicht recht, aber es war so immer noch besser, als wenn sie die Mädchen mitgenommen hätte.
Ich lebte ständig in der Angst, dass sie meine Töchter aus dem Haus holen würde und ohne mit mir zu reden und ohne meine Einwilligung, sie beschneiden lassen würde.

Ich hatte immer wieder versucht, mich mit Said, in seiner Rolle als Vater der Mädchen, zu verständigen.
Ich hatte mich sehr bemüht, ruhig mit ihm zu reden und ihm meine Argumente verständlich zu machen.
Ich hatte ihm meine Ängste um das Leben unserer Töchter aufgezeigt.

Aber er blieb stur. Ob er mir tatsächlich zugehört und mich verstanden hatte, konnte ich an seinen abweisenden Reaktionen nicht erkennen.

Mit der Zeit wurde mein Leben immer ruinierter. Ich sah keine Zukunft für eine Familienbeziehung mit Said und seinen Eltern.

Ich war verzweifelt und meine Verzweiflung wuchs von Tag zu Tag.

Ich hatte keinen Plan, wie und wohin mein Leben gehen könnte.

Jeden Morgen, wenn ich zwischen meinen Kindern aufwachte, sagte ich mir, dass ich heute mein Bestes für die Kinder geben würde.

Mein Leben sollte nicht nur aus Angst, Verzweiflung und Trotz bestehen.
Obwohl es von draußen so viele Schwierigkeiten gab, versuchte ich meine Rolle als Mutter so gut es ging, auszufüllen.

Obwohl ich wusste, dass das Leben grundsätzlich schwierig und nicht einfach war und meines ganz besonders nicht, stand ich jeden Morgen auf und ging meinen Arbeiten im Haus nach.

Said hatte damit begonnen, den Kindern die Buchstaben zu lehren.

Wenn er weg war, übte ich mit ihnen dass, was sie von ihm gelernt hatten.

Mit Said war es für mich nicht einfach. Es gab Tage, an denen es mit ihm gar nicht lief.
Alles war schwierig mit ihm, selbst seine Art zu sprechen, gefiel mir nicht.

Wir hatten uns nie nahe gestanden. Wir waren Fremde geblieben, er und ich.
Es war nie leicht gewesen, uns gegenseitig mitzuteilen und zu verstehen.
Wir redeten nicht miteinander, wir redeten nebeneinander her.

So war unsere Kommunikation, mit ganz wenigen Ausnahmen, immer gelaufen.

Wenn er verärgert war, versuchte ich seinen Zorn über mich ergehen zu lassen und nicht mit ihm zu reden.
Ich vermied es dann, seinem Blick zu begegnen und in irgendeiner Art auf ihn zu reagieren.
Zum Glück war er oft draußen, in der Moschee oder bei seinen Eltern und ich konnte mich in Ruhe mit dem Haus und den Kindern beschäftigen.

Egal, was Said sagte oder machte, für mich war unsere Beziehung gestorben.

Aber, wenn ich ganz ehrlich war, gab es jemals irgendeine Beziehung zwischen ihm und mir?
Ich hatte mir ihn als Ehemann nicht ausgesucht. Ich hatte mich in seinem Haus und bei seiner Familie nie wohl gefühlt. Ich hatte nie gespürt, dass ich dort willkommen und angenommen worden war.

Gab es überhaupt so etwas wie Liebe und Zuneigung zwischen Mann und Frau?
In meiner Ehe mit Said hatte ich das nicht erkennen und feststellen können.
Ich wusste auch nicht, wie das bei meinem Vater und bei meiner Mutter gewesen war. Beide gingen respektvoll miteinander um, aber war das Liebe gewesen?

Aber, wenn es Liebe gab, dann wusste ich, dass das Leben und die Liebe nicht einfach waren.

Ich war fest davon überzeugt, dass es in meinem Leben keine Liebe zwischen Said und mir gab.

Ich hatte mich in meinem Leben mit ihm zusammen nie als Paar gesehen.

In meinem Heimatland hatte ich auch keine Paare gesehen, die ihre Liebe dem Partner gegenüber deutlich zum Ausdruck brachten. Aber ich hatte oft gesehen, dass sie respektvoll miteinander umgingen.

Ich hatte nie von einem Mann für mich geträumt, ich hatte keine komplizierten Wünsche.

Ich war nicht generell gegen die Ehe. Auch, wenn ich keine Wahl gehabt hatte, ja oder nein zu sagen.
Ich hatte meiner Ehe mit Said letztendlich zugestimmt, auch weil die meisten Menschen in der dörflichen Welt meines Landes immer so gehandelt hatten.

Die Eltern meines Vaters hatten für ihn eine Frau ausgewählt, die dann meine Mutter wurde.
Für mich war es die gleiche Situation, die Eltern von Said hatten mich zu seiner Ehefrau bestimmt.

Dagegen konnte man nichts tun. Selbst einen Partner oder Partnerin der Wahl der Elternvorzuziehen und aus Liebe zu heiraten, war nicht möglich.
Ich dachte mir, dass in diesen Ehen eine Liebe zweiten Grades aufkommen konnte.
Aber für mich hatte diese Art der Liebe keine große Bedeutung.

Die Ehe war für einen Mann ein Lebensprojekt, bei dem es darum ging, Kinder zu zeugen und mit seiner Frau respektvoll zusammen zu leben.

Die Frau folgte den Vorgaben ihrer Eltern und Schwiegereltern, brachte Kinder zur Welt und lebte und arbeitet im eigenen Haushalt.

Liebe?

Vielleicht entstand sie im Laufe der Zeit zwischen Mann und Frau.

Wiedersehen mit meiner Mutter

Ich hatte lange darüber nachgedacht, meine Mutter zu besuchen.

Es gab mit Said viele Diskussionen darüber.

Aber ich war fest entschlossen, für eine Woche zu meiner Mutter zu gehen.
Ich wollte sie wiedersehen und sicher gehen, dass es ihr gut ginge.

Und ich wollte ihr von meinen Sorgen um meine Töchter erzählen.

Die Zeit war schnell vergangen, Jahr für Jahr war seit den Geburten vorbei gezogen und die Mädchen wurden immer größer.

Verbunden damit, wuchs auch meine Angst davor, dass meine Schwiegermutter beide eines Tages zur Beschneidung abholen würde.

Über all das wollte ich mit meiner Mutter sprechen.

Nachdem ich das Einverständnis von Said eingeholt hatte, konnte ich mit meinen Kinder für eine Woche zum Haus meiner Mutter gehen.

Bevor wir losgingen, schlug Said vor, dass ich doch alleine ohne die Kinder gehen sollte. Das wäre doch viel einfacher für mich.

Das verweigerte ich aber, ich sagte ihm, dass meine Mutter die Kinder endlich mal wiedersehen wollte.
Ich könnte die Kinder deshalb nicht bei ihm und bei seiner Mutter lassen. Es dauerte etwas, aber nach einem langen Gespräch willigte er ein, dass ich die Mädchen und den kleinen Sohn mitnehmen würde.

Said begleitete uns zum Haus meiner Mutter. Alleine konnte ich den weiten Weg mit den Kindern nicht machen, dass wäre viel zu gefährlich gewesen.
Es war eine lange Reise, die wir mit Mietwagen und zu Fuß bewältigen mussten.
Nach diesen Anstrengungen ruhten wir uns erstmals im Hause meiner Mutter aus.
Said sagte nur ganz „Hallo" zu meiner Mutter, er hatte beschlossen, noch vor Einbruch der Nacht zurückzugehen.
Zuvor hatten wir noch festgelegt, dass er in einer Woche wiederkommen würde, um mich und die Kinder abzuholen und nach Hause zu begleiten.

Nachdem Said gegangen war, fühlte ich mich leichter und unbeschwerter.
Ich konnte befreit meiner Mutter über mein Leben berichten. Ich konnte ihr meine Ängste erklären und mit ihr zusammen meine Sorgen teilen.

Obwohl ich in meinem Haus alleine ohne Saids Familie lebte, fühlte ich mich immer noch von ihnen bedroht.
Ich lebte in ständiger Angst um meine Kinder.

Hier bei meiner Mutter hatte ich diese Ängste nicht.
Dafür machte ich mir Sorgen um sie, sie war alt und lebte ganz alleine.

Ich musste viel weinen und lag in den Armen meiner Mutter, als ich ihr darüber berichtete, wie mein Leben verlief, was ich fühlte und welche Ängste mich ständig begleiteten.

Mutter versicherte mir, dass bei ihr alles in Ordnung wäre. Sie fühlte sich gut, ihre Gesundheit wäre stabil und gut.

Es gab auch eine Cousine von mir in der Nähe, die sie besuchen kam, um ihr im Haushalt zu helfen.
Ich sollte mir keine Sorgen um sie machen.

Nachdem sie mir mehrmals versichert hatte, dass bei ihr alles soweit in Ordnung wäre, fing sie an, mir Fragen über mein Leben zustellen.

Es war ein tränenreiches und sehr emotionales Gespräch, das wir beide führten.

Manchmal musste ich eine Pause machen und konnte ihr nicht sofort antworten.
Ich nutzte diese Momente des Nachdenkens und Nachspürens, um meinen Kindern etwas zu essen zu geben.

Manches konnte ich meiner Mutter nicht ausführlich erklären, denn die Kinder waren in unserer Nähe und hörten alles mit. Insbesondere die Mädchen konnten schon vieles von dem, was Mutter und ich besprachen, verstehen.

Es gab auch Dinge, die ich so vor den Kindern nicht sagen konnte. Darüber wollte ich zu einem späteren Zeitpunkt mit ihnen alleine reden und ihnen alles erklären.

Manche Fragen, die meine Mutter mir stellte, waren für mich unangenehm und etwas peinlich. Deshalb konnte ich nicht immer antworten. Ich sagte dann, ich würde ein anderes Mal etwas dazu sagen.

Und es war mir unmöglich, von meinem Intimleben und meinen Problemen mit meinem Ehemann zu erzählen.
Nachdem wir so eine lange Zeit zusammen gesessen und geredet hatten, wollten die Kinder nach draußen, um unter dem Baum zu spielen.

Ich zog sie um, damit sie ihre Reisekleidung nicht schmutzig machen würden.

Als Mutter und ich dann alleine im Haus waren, nahmen wir unser Gespräch wieder auf. Ich berichtete ihr vom Verhalten meiner Schwiegermutter mir gegenüber und wie sie als Großmutter mit meinen Kindern umging.
Wie sie mich verachtete und auf der anderen Seite die Kinder liebte. Wie sie mich ablehnte und ihre Verachtung für mich auch den Kindern zeigte.
Ganz besonders bei letzten Mal, als ich die Kinder von ihrem Haus abgeholt hatte.
Ich hatte ihr da gesagt, dass sie hinter meinem Rücken versuchen würde, das Vertrauen der Kinder zu gewinnen und mich bei ihnen in ein schlechtes Licht zu rücken.
Sie nahm die Kinder manchmal mit, ohne mir Bescheid zu sagen. Ich konnte dagegen nichts machen, denn Said unterstützte sie.

Ich konnte auch meine Kinder nicht vor ihrer Großmutter warnen, das hätten sie nicht verstanden. Zumal die Großmutter immer recht freundlich zu ihnen war.

Saids Mutter versuchte alles, um zu erreichen, dass ich die Familie verließ. Sie wollte, dass die Kinder mit Said bei ihr in ihrem Haus leben würden.

Ich hatte mein Möglichstes getan, um mich ihr zu widersetzen. Von ganzem Herzen würde ich mich wehren und bleiben. So lange ich da war, würde ich verhindern, dass sie meine Töchter anrühren würde.

Ich musste alles versuchen, damit sie nicht eines Tages wie ihre große Schwester massakriert werden würden.

Ich fühlte, wie Ärger in mir aufkam, als ich das alles meiner Mutter erzählte.

Die Erinnerungen an meine große Tochter Nicma wurden lebendig, Tränen schossen mir in die Augen.

Meine Mutter war für mich in jeder Hinsicht die perfekte Mutter.

Sie tröstete mich und ließ mich reden, ohne mich zu unterbrechen.

Sie war mir zugewandt, sie hat mich für mein Verhalten nicht verurteilt. Sie hat auch nicht gesagt, dass alles meine Schuld wäre.

Die meisten Mütter beschuldigen immer ihre Töchter und sagen, dass die Schuld bei der Frau liegen würde, wenn ein Paar sich trennt. Oder, wenn eine Familie zerstört wurde, dann war immer die Frau daran schuld.
Bei allen Problemen in der Familie, lag für die meisten Mütter das Versagen immer bei ihren Töchtern.

Meine Mutter beruhigt mich und streichelte meinen Kopf. Sie versicherte mir, dass es für alle Probleme einen Ausweg geben könnte.

Sie sagte mir, wir sollten gemeinsam nach einer Lösung suchen.

Wir würden einen Weg finden, um die Mädchen zu retten und vor dem zu bewahren, was mit Nicma passiert war.

Unser Plan

Nachdem ich alles erzählt hatte, was mir auf dem Herzen lag, fühlte ich mich erleichtert und viel besser.
Es kam mir so vor, als würde ich die Geschichte meines Lebens hier im Haus meiner Mutter vorlesen und sie würde mir zuhören.

In meinem eigenen Haus hatte ich mich nie so frei gefühlt.

Wir hatten über alles geredet, ich konnte ihr nach einiger Zeit auch von meinem Privatleben erzählen und ihr schildern, was Saids Mutter alles gegen mich unternahm und wie Said mich häufig behandelte.

Es wurde Abend und wir waren alle sehr müde, die Kinder von der langen Reise und den vielen neuen Eindrücken, meine Mutter vom langen Zuhören und ich vom vielen Erzählen.
Wir lagen bald auf unseren Matten und schliefen friedlich, tief und fest.

Am nächsten Tag, als die Kinder wieder draußen beim Spielen waren, saßen Mutter und ich zusammen und erinnerten uns an den gestrigen Tag. Wir hingen unseren Gedanken nach.
Plötzlich schlug meine Mutter vor, dass wir die Beschneidung bei den Mädchen selbst machen sollten, bevor Saids Mutter aktiv werden konnte.
Sie schaute mich dabei an und sagte: „ Mit diesem Vorschlag habe ich dich bestimmt überrascht. Aber wir müssen Saids Mutter zuvorkommen."

Ich war geschockt. Ich stand erregt von meinem Platz auf und sagte ihr, dass das ganz unmöglich wäre.
Ich konnte nicht glauben, was ich da aus dem Mund meiner Mutter gehört hatte.

Mutter bat mich, ich sollte mich beruhigen und ihr erstmal zuhören.

Sie nahm meine Hand und versuchte meine Erregung zu dämpfen. Mit ihrer ruhigen Stimme schilderte sie mir ihren Plan.

Sie sagte, jetzt wo die Mädchen bei ihr hier im Haus wären, sollten wir sie davon überzeugen, dass bei jeder von ihnen eine Beschneidung gemacht worden war. Die Mädchen sollten fest daran glauben, dass sie beschnitten worden waren, wenn sie wieder nach Hause gingen und Said und seiner Mutter begegnen würden.

Ich konnte nicht verstehen, was meine Mutter plante, aber ich hatte mich etwas beruhigt und konnte ihr zuhören.

Mutter sagte erklärend, dass wir nur so tun würden, als wenn bei den Mädchen eine Beschneidung gemacht worden war.
Ich konnte noch immer nicht verstehen, was, wann und wie wir etwas machen würden.

Zunächst mussten meine Mädchen in den Plan eingeweiht und überzeugt werden.
Aber das war schwierig, die kleinen Mädchen von etwas zu überzeugen, dass für sie eigentlich nicht vorstellbar war und dass dann gar nicht gemacht werden sollte. Sie waren doch noch Kinder und sie würden ihren Vater und ihre Großmutter nicht anlügen. Für die Kinder war das unmöglich, sie liebten doch ihren Vater und ihre Oma.

Und selbst, wenn sie lügen würden, Saids Mutter würde die Mädchen immer wieder befragen und irgendwann käme die Wahrheit heraus.

Ich hatte eine lange Diskussion mit meiner Mutter über meine Zweifel an dem Plan.

Wir dachten in alle Richtungen und kamen zu dem Entschluss, dass wir eine richtige Szene machen mussten, um möglichst echt eine Beschneidung vorzutäuschen.

Wir mussten zunächst eine erfahrene Frau finden, die den „Eingriff" machen würde.
Wir würden ihr erklären, dass sie nur die Vagina ein wenig einritzen, aber keine richtige Beschneidung machen sollte.

Die Mädchen mussten etwas Blut sehen und ein paar Schmerzen haben, dann konnten sie alles glaubhafter erzählen, wenn sie danach befragt werden würden.
Wenn die Vagina ein wenig eingeschnitten wurde, dann war das etwas schmerzhaft und die Mädchen konnten ein paar Tage kaum sitzen und sich nur wenig bewegen.

Ich war mir sicher, dass Saids Mutter die Mädchen genau prüfen würde, deshalb musste alles sehr echt aussehen.

Außerdem musste ich Said um eine weitere Wochen bitte, um bei meiner Mutter bleiben zu dürfen.

Aber wie konnte ich den Vater der Kinder benachrichtigen, damit alles in meinem Sinne verlaufen würde und ich eine weitere Woche im Haus meiner Mutter bleiben konnte?
Meine Mutter erzählte mir, dass es Frauen gab, die jeden Tag Milch aus

dem Dorf in die Stadt brachten. Einer von ihnen konnte ich meine Mitteilung an Said mitgeben, sie würde sie an einen Bekannten weitergeben, der dann Said informieren würde.

Ich beeilte mich und besuchte eine der Frauen, die in der Nähe von meiner Mutter wohnte.

Ich musste schnell machen, denn ich hatte Angst, dass Said eventuell früher kommen würde, bevor wir unseren Plan hätten umsetzen können.

Oder, dass er eine seiner Schwestern vorbeischicken würde, um zu sehen, ob alles in Ordnung wäre.

Außerdem musste ich eine gute Erklärung dafür haben, warum ich mit den Kindern eine Woche länger bei meiner Mutter bleiben wollte.

Ich gab als Begründung an, dass meine Mutter jetzt einen Teil unserer Grundstücke verkaufen wollte und dazu brauchte sie mich zur Unterstützung.

Und es stimmte tatsächlich, Mutter wollte sich wirklich von einem Teil unserer Felder trennen und verkaufen.

Das hatte sie schon vor Monaten geplant und ich wusste es schon lange vor meiner Abreise. Auch Said hatte ich damals gesagt, was meine Mutter vorhatte. Allerdings gab es da noch keinen Zeitplan, wann und wie der Verkauf gemacht werden sollte.

Die Mädchen werden beschnitten

Alles verlief so, wie von meiner Mutter und mir geplant.

Wir fanden eine erfahrene Frau, die bereit war, dass zu tun, was wir wollten.
Wir verlangten von ihr, dass sie niemandem etwas davon erzählen und dass niemand informiert werden durfte.
Ich hatte zwar nicht ganz so viel Angst davor, dass sie reden würde, denn wir waren ja in einer anderen Gegend, weit weg von da, wo ich wohnte.
Ein kleines Risiko, dass doch etwas bekannt wurde, bestand trotzdem, aber das mussten wir eingehen.

Für mich war es das erste Mal, dass ich bei einer Beschneidung zugeschaut habe.
Ich wusste bis dahin auch nicht, dass es verschiedene Formen der Beschneidung gab und was da im Einzelnen gemacht wurde.

In unserem Land haben Traditionen einen hohen Stellenwert. Auf dem Land werden sie strenger befolgt, als in den großen Städten.

Zu diesen Traditionen gehört auch die Beschneidung.
Die wird in den Städten meistens auf eine andere Art gemacht als in den ländlichen Regionen.
Während auf dem Land die pharaonische Beschneidung mit Zunähen überwiegend praktiziert wird, hält man in den Städten die Beschneidung der Mädchen zwar bei, aber man will sie nicht so schwer verletzten oder ihnen einen ganz schweren Schaden zufügen.

Es geht darum, ein wenig von der Klitoris bei den kleinen Mädchen zu beschneiden.

Diese Art der Beschneidung heißt Sumie.

In unserer Religion ist es Pflicht, dass die Jungs beschnitten werden.

Aber es gibt in unserer Religion keinerlei Verpflichtung dafür, dass auch Mädchen beschnitten werden müssen.

Mädchen müssen nicht beschnitten werden!

Mädchen werden aufgrund kultureller Traditionen beschnitten. Diese Kultur existierte schon sehr lange, bevor die muslimische Religion in unser Land kam.

Wir ließen bei den Mädchen keine der Beschneidungsarten machen, sie wurden von der Frau nur etwas an der Vagina eingeritzt.

Meine kleinen Mädchen erholten sich schnell von diesem Eingriff. Ich glaube, sie waren glücklicher und mit sich selbst zufriedener, als alles gut überstanden war.

Meine Kinder hatten sich an meine Mutter gewöhnt und sie waren sich näher gekommen.

Ich war froh zu sehen, dass meine Kinder an den gleichen Orten spielten, an denen ich schon als kleines Mädchen gespielt hatte.

Und ich freute mich auch sehr darüber, dass sie jetzt zu Besuch in dem Haus waren, in dem ich geboren worden war.

Ich hatte das Gefühl, dass ich nichts zu befürchten hatte. Ich hatte auf den ersten Blick alles richtig gemacht, in dem ich den Rat meiner Mutter befolgt hatte.

Ich war sehr erleichtert darüber, dass alles recht gut bei den Mädchen geklappt hatte.

Mit erleichtertem Herzen und ausgeruhten Kopf konnte ich zu meinem eigenen Haus zurückkehren.

Said wollte in der darauf folgenden Woche kommen, um uns abzuholen.

Es war ein schwieriger Abschied von meinem Elternhaus und der Umgebung, in der ich meine Kindheit verbracht hatte.

Es war ein sehr gefühlvoller Abschied von meiner Mutter, denn es war schwierig, sie bald wieder zu besuchen. Wir wohnten zu weit voneinander entfernt.

Aber ich war mir sicher, dass meine Mutter und ich Kontakt halten würden.

Meine Mutter wollte mir beim Abschied Geld geben. Sie hatte ja einen Teil unseres Landes verkauft und von dem Erlös wollte sie mir einen Teil abgeben.

Aber ich wollte es nicht annehmen, weil ich nicht wusste, wo ich es jetzt verstecken konnte.

Ich wollte die Summe auch nicht in meinem neuen Haus aufbewahren.

Ich ließ das Geld deshalb bei meiner Mutter. Ich bat sie, es für mich aufzuheben. Wenn ich jemals Geld brauchen würde, käme ich zu ihr. Ich gab ihr auch etwas von dem Geld, dass ich in meinem Haus versteckt hatte und von dem ich einen Teil für die Reise mitgenommen hatte. Ich hatte bei meiner Mutter kein Geld gebraucht.

Ich gab ihr jetzt alles, sie sollte es für mich aufbewahren. Trotz der ganzen Aufregung und dem langen Abschiednehmen, waren wir reisefertig, als Said ankam.

Er blieb nur ganz kurz bei meiner Mutter, um mit ihr ein paar Worte zu wechseln.

Dann gingen wir los und ich erzählte ihm von unserem Aufenthalt bei meiner Mutter.

Ich teilte ihm auch gleich auf unserem Heimweg mit, dass die Mädchen vor einer Woche beschnitten worden waren.

Ich ging nicht ins Detail, ich sagte ihm nur, dass bei den Mädchen alles gemacht worden war, was die Tradition verlangte.

Ich erzählte ihm das alles, bevor er zu seiner Mutter ging. Ich hoffte darauf, dass er mich verteidigen würde, falls seine Mutter eine Revolte gegen das, was ich mit meinen Töchtern gemacht hatte, starten würde.

Ich fühlte mich besser, als ich in mein Haus zurückkehrte. Ich fühlte mich besser und stärker, wenn ich Saids Familie treffen würde.

Ich fühlte mich besser, weil ich ihnen hätte verkünden können, dass ich bereits alles getan hatte, was Saids Mutter mit den Mädchen machen wollte.

Ruhe vor dem Sturm

Nach der Rückkehr in mein Haus schien zunächst alles so zu sein, wie zuvor.
Der Alltag mit seinen Aufgaben war wieder da und unser Leben lief in den bekannten Routinen ab.

Eines Tages kam Saids Mutter unangekündigt in mein Haus. Ich war mitten in meinen Hausarbeiten, die ich nicht unterbrechen wollte. Sie konnte mir deshalb nicht so viele Fragen stellen.

Sie stellte aber den Mädchen viele Fragen. Beide gaben ihrer Großmutter unsere abgesprochenen Antworten, so wie ich es ihnen aufgetragen hatte.

Said hatte mittlerweile seine Mutter über alles informiert, was mit den Mädchen bei meiner Mutter gemacht worden war.
Er erzählte es seiner Mutter so, wie er es von mir zuvor gehört hatte.

Saids Mutter war wohl von allem sehr überrascht. Sie wurde misstrauisch.
Wenn sie mit mir sprach, dann konnte ich nicht vor ihr stehen und sie ansehen. Ich hatte Angst davor, dass sie etwas in meinem Gesicht entdecken würde, was ihrem Misstrauen neue Nahrung geben könnte.

Aber dank der guten Ratschläge meiner Mutter ging es mir Gott sei Dank gut, ich war innerlich stabil und konnte diese Situationen einigermaßen überstehen.

Ich war froh, dass das Thema Beschneidung bei meinen Töchtern beendet werden konnte.

Ich spürte eine Stärke in mir und ich hatte das Gefühl, dass ich für alle in meinem Leben auftretenden Probleme eine Lösung finden würde.

Seit dem Besuch bei meiner Mutter waren ungefähr 6 Monate vergangen.

Mir ging es körperlich und mental besser, ich wurde von Tag zu Tag glücklicher.

Glücklich darüber, dass ich eine Beschneidung meiner Töchter im Haus meiner Mutter vorgetäuscht hatte.

Glücklich darüber, dass meine Sorgen und Befürchtungen, die meinen Kopf vor 6 Monaten ständig beschäftigt hatten, langsam verschwanden.

Glücklich darüber, dass es meinen Kindern gut ging und ich mich in Ruhe um meine kleine Familie kümmern konnte.

Mein Mann Said liebte unsere Kinder, darüber war ich auch glücklich. Ich freute mich auf die weitere Zukunft mit meiner Familie.

Ich habe mich selbst zurückgenommen und für meine Familie mein Bestes gegeben.

Auch wenn es Dinge gab, die ich an Said überhaupt nicht schätzte, hatte ich alles getan, damit es zwischen uns besser funktionieren konnte.

Im Laufe der Zeit war ich wieder schwanger geworden
Mir war häufig schlecht, ich hatte unbeschreibliche Kopfschmerzen und musste oft erbrechen.
Ich war nicht in der Lage, mich um meine Kinder und um die alltäglichen Hausarbeiten zu kümmern.
Ich konnte mich kaum bewegen oder meinen Kopf heben, ich hatte die meiste Zeit des Tages nur flach gelegen.

Als Said mich so liegen sah, redete er mit seiner Mutter und schilderte ihr meine Situation.
Seine Mutter hatte daraufhin beschlossen, eine ihrer Töchter zu mir zu schicken, um mir bei allem zu helfen, was ich zu Haus brauchte.

Sie kam oft.

Said reiste in der letzten Zeit manchmal für Wochen oder sogar Monate durch das Land.
Er reiste mit einer Gruppe von Männern in entfernt liegende Dörfer, manchmal auch in die benachbarten Länder wie Kenia, Ruanda oder Äthiopien.
Die Männer gingen in die Dörfer, um die Religion zu unterrichten und den Menschen die Gebete und den Koran zu erklären, damit sie ihre Religion besser praktizieren konnten.
Er war viel unterwegs und kaum zu Hause.

Dafür kam seine Schwester fast täglich, sie hat mir viel geholfen und mich sehr unterstützt.
Ihre Anwesenheit hat mir gut getan. Ich konnte mich ausruhen, während sie sich um das Essen, den Haushalt und die Kinder kümmerte.

Saids Mutter kam uns auch fast jeden Tag besuchen, um nach uns zu sehen. Wenn sie morgens nicht kommen konnte, kam sie nachmittags.

Wir redeten dann etwas Belangloses miteinander, aber wir hatten keine Diskussionen.
Meistens war ich im Haus und sie saß mit ihrer Tochter vor der Tür.

Ich wollte auch nicht mit ihr reden. Ich hatte immer im Kopf, dass meine große Tochter wegen ihr gestorben war.
Außerdem wollte ich auf ihre Fragen nicht antworten, sie fragte in letzter Zeit immer intensiver nach, was mit meinen kleinen Mädchen bei meiner Mutter gemacht worden war.
Sie war misstrauisch und das steigerte sich immer weiter.

Ich musste die Hilfe von Saids Mutter und Schwester annehmen, denn ich konnte nicht ausreichend für meine Kinder sorgen.

Aber wenn ich noch einmal Hilfe für meinen Haushalt und für meine Kinder brauchen würde, ich würde sie nicht bitten, in mein Haus zu kommen um zu helfen.

Tag für Tag erhielten beide Informationen über mein Leben und das meiner Kinder. Ich fühlte mich ständig misstrauisch beobachtet und belauert.

Saids Mutter fragte immer wieder, was zum Teufel mit den Mädchen im Haus meiner Mutter gemacht worden war.
Ich lag flach im Haus und konnte die verschiedenen Fragen an die Kinder und deren Antworten nicht hören.
Ich versuchte dann später die Kinder zu befragen, was die Großmutter von ihnen hatte wissen wollen und was sie geantwortet hatten.

Ich versuchte nach vorne zu schauen, mich über Saids Mutter im Stillen zu wundern und trotzdem ganz aufmerksam zu bleiben.

Aber das reichte nicht aus.

Eines Tages kam Saids Mutter schreiend zu meinem Haus gelaufen. „Warum hast du das getan? Warum hast du mir nichts gesagt, damit ich es hätte meinem Sohn sagen können, wenn er wieder zurückkommt?" schrie sie.

Ich verstand nicht alles, was sie in ihrer Wut von sich gab, aber ich versuchte, ihr zuzuhören.
Mein Kopf drehte sich, ich konnte nicht sprechen, denn ich hatte auf meiner Matte gelegen und etwas geschlafen.

Ich spürte aber instinktiv, sie hatte etwas in Erfahrung gebracht, sie wusste etwas.
Sie hatte auch in der letzten Zeit die Kinder nicht mehr ausgefragt und hatte keine Fragen zum Ausflug zum Haus meiner Mutter mehr gestellt.

Ich versuchte, trotz ihrer schrillen, lauten Stimme zuzuhören, aber ich konnte nicht verstehen, was sie mit ihren Fragen an mich meinte.

Ich konnte mir denken, dass es um die Beschneidung der Mädchen ging.

Es war für mich schwer, sie in dieser Situation an meine verstorbene Tochter Nicma zu erinnern, die an den Folgen einer Beschneidung gestorben war. Aber ich musste es ihr deutlich sagen.

Saids Mutter schrie weiter und entgegnete, dass der Tradition zufolge bereits viele Mädchen gestorben wären. Das gehörte dazu. Die Mädchen wären nicht an der Beschneidung gestorben, sondern, weil ihre Lebenszeit abgelaufen war.

Nicht nur ich hätte eine Tochter verloren, sie hätte auch eine Enkelin verloren.

Sie hätte die Tochter ihres Sohnes, die den gleichen Namen wie eine ihrer Töchter hatte, verloren. Sie war auch ihr Schatz gewesen. Aber der Tradition hat man zu gehorchen.

Ich blieb wie erstarrt an meinem Platz und konnte mich kaum bewegen.

Saids Mutter schrie immer weiter.

Die Nachbarn kamen zum meinem Haus und versuchten, sie zu beruhigen. Aber sie schrie immer weiter.

Saids Schwester kam hinzu um zu helfen, aber sie hörte nicht auf mit ihrem Geschrei.

Meine Kinder standen hilflos und verloren zwischen uns und wussten nicht, um was es ging und warum ihre Großmutter so schrie.

Die Mädchen standen in der Näher der Großmutter, mein kleiner Sohn hatte sich hinter mich gestellt. Er schaute mit großen Augen zu, ohne etwas zu verstehen.

Nach ein paar Stunden hatte sich Saids Mutter etwas beruhigt und war leiser geworden.

Sie kam näher zu mir, um mit mir mit deutlichen Worten, die keinen Widerspruch zuließen, zu reden.

Ich saß auf meiner Matte, sie stand direkt vor und über mir. Ich musste zu ihr hoch schauen.

Sie sagte zu mir: „ Trotz allem, was du getan hast, ich werde eine richtige Beschneidung bei den Mädchen machen lassen.

Ich werde es dann machen lassen, wenn mein Sohn Said zurückkommt. Denn es sind die Kinder meines Sohnes!"

Dann drehte sie sich um, ohne auf mich zu schauen und ohne meine Reaktion abzuwarten. Immer noch wütend und innerlich brodelnd ging sie aus dem Haus raus.

Ich war total geschockt und niedergedrückt.

Ich brauchte erstmal etwas Zeit zum Überlegen. Ich musste meine Gedanken ordnen und das gerade Erlebte bewerten und einordnen.

Zunächst versuchte ich herauszufinden, was Saids Mutter alles wusste und woher sie ihre Informationen hatte.

Die Nachbarn waren mittlerweile gegangen.

Saids Schwester war noch da.

Ich rief sie in mein Haus, ich hoffte, von ihr mehr erfahren zu können.

Ich tat so, als hätte ich nicht verstanden, wovon ihre Mutter gesprochen hatte und warum sie so laut und so wütend gewesen war.

Saids Schwester erzählte mir dann, dass ihre Mutter meinen kleinen Mädchen immer wieder Fragen gestellt hatte, um herauszufinden, was im Hause meiner Mutter passiert war.

Sie hatte zum Beispiel gefragt: „ Wie viele Tage bist du krank gewesen? Hattest du große Schmerzen? Wie lange haben diese Schmerzen angedauerte? Wo hat es wehgetan. Wann hat es besonders geschmerzt?"

Nach all diesen Fragen mussten die Mädchen sich ausziehen und sie hatte sich die Vagina der Mädchen angeschaut.

Sie wollte genau sehen, was da gemacht worden war.

Sie wollte ihre Zweifel an der angeblich durchgeführten Beschneidung bestätigt bekommen.

Und als sie sich die Vagina der Mädchen angesehen hatte, wurde sie wütend und war zu mir los gerannt.

Nachdem ich das alles gehört hatte, sagte ich zu Saids Schwester, sie sollte zu ihrer Mutter zurückgehen, dort würde sie jetzt sicherlich mehr gebraucht als bei mir.

Ich wollte nach diesem Schock mit meinen Kindern alleine sein. Ich musste entscheiden, was ich in dieser Situation noch machen konnte.

Dazu brauchte ich Zeit zum Überlegen, viel Zeit, vielleicht ein paar Stunden.

Ich verdrängte meine Übelkeit und meine Kopfschmerzen während ich nachdachte, was ich für meine Kinder machen konnte.

Die angedrohten Beschneidungen meiner Töchter standen im Raum, Saids Mutter würde das auf jeden Fall in nächster Zeit machen lassen.

Meine einzige Lösung bestand darin, schnellstens zu meiner Mutter zu gehen und sie um Rat zu fragen. Ich musste mein Vorhaben durchführen, bevor Said zurückkommen würde.

Ich durfte keine Zeit verlieren. Ich musste mich beeilen, meine Kinder nehmen und mich eilig auf den Weg zu meiner Mutter zu machen.

Obwohl es gefährlich war, alleine mit den Kindern so eine lange Reise zu machen, musste ich es tun, ich hatte keine andere Wahl.

Ich packte nur die wichtigsten Sachen zusammen, nur das, was wenig Platz wegnahm und auch leicht war und was ich alleine tragen konnte.

Die Kinder brauchten ihre Kraft für den weiten Weg und konnten mir deshalb beim Tragen kaum helfen.

Ich habe hauptsächlich Dinge zum Essen und Trinken mitgenommen. Das war das Wichtigste.
Kleidung und andere Sachen, die ich zuvor ausgewählt hatte, ließ ich im Haus zurück.
Mit dem wenigen Geld, das ich heimlich zusammen gespart hatte, machten wir uns gemeinsam auf den Weg.

Ich hatte das Gefühl, für immer wegzugehen, es war schwer für mich.

Aber ich musste es für meine Kinder und vor allem für die Mädchen tun.

Unser Aufbruch war hastig und es war schwierig, alles Wichtige zu bedenken und zu machen.
Manchmal wurde mir richtig schwindlig von dem vielen Denken und sicherlich auch von der plötzlichen körperlichen Anstrengung.

Ich wusste eigentlich auch nicht so genau, welchen Weg wir nehmen sollten. In welche Richtung mussten wir laufen?
Wir fanden im Dorf ein Sammelauto, mit dem wir ein Stück mitfahren konnten.
Dann mussten wir zu Fuß noch einen ziemlich weiten Weg zurücklegen.

Das war überhaupt nicht leicht. Es war schwierig die richtige Straße zu erkennen, auf der wir zum Haus meiner Mutter gehen mussten. Manchmal kamen Zweifel in mir auf, ob wir noch auf dem richtigen Weg waren.

Der Tag ging langsam zu Ende und ich wusste, dass wir unser Ziel an diesem Tag nicht mehr erreichen konnten.
Die Nacht kündigte sich schon etwas an und ich musste nach einer Übernachtungsmöglichkeit abseits der Straße in einem der dort verstreut liegenden Häusern suchen.
Es war wichtig, einen Schlafplatz zu finden, bevor die Sonne ganz untergegangen war und die Nacht mit ihrer Finsternis uns jegliche Sicht genommen hätte.

Ich hatte mittlerweile die Orientierung verloren. Ich wusste nicht, in welche Richtung wir laufen mussten.
Mein Kopf war leer, ich hatte die Route vergessen.

Ich ging immer weiter, ohne zu wissen, wo ich Menschen antreffen konnte, um nach einem Ort zum Schlafen für meine Kinder und für mich zu fragen.
Da, wo wir liefen, trafen wir auf keine Menschen, die wir nach dem richtigen Weg hätten fragen können. Es war menschenleer.

Ich ging immer weiter voran, ohne die Kinder ausruhen zu lassen. Ich hatte Angst vor der dunklen Nacht.
Die Kinder wurden unruhig, sie waren müde und erschöpft und sie fürchteten sich auch vor der hereinbrechenden Dunkelheit.

Wir schleppten uns müde vorwärts, als wir in der Nähe Ziegen bemerkten, die noch am Grasen waren.
Ich beschloss, zu den Ziegen zu gehen und nachzusehen, ob jemand bei den Tieren war.

Es war eine recht große Herde, ungefähr 40 Tiere, die sich dicht drängten.

Als wir näher kamen, entdeckten wir einen Jungen von etwa 12 Jahren, der die Tiere zusammengetrieben hatte.

Ich fragte den Jungen, ob er mit seiner Familie in der Nähe wohnen würde.

Der Junge sagte ja und dann begleitete er mich und meine Kinder zu seinem Haus. Die Tiere trieb er zu einem Pferch, der nahe beim Haus war.

Seine Mutter begrüßte uns und hieß uns bei unserer Ankunft in ihrem Haus willkommen.

Nachdem wir das Haus betreten hatten, gab sie uns gleich etwas zu trinken und zu essen. Dann zeigte sie uns einen Platz, an dem wir uns ausruhen konnten.

Sie war eine Mutter, die mit ihren Kindern alleine in diesem Haus lebte.

Sie hatte drei Jungs, die alle größer waren, als der, der uns zu ihrem Haus gebracht hatte und noch zwei kleine Mädchen.

Als wir mit dem Essen fertig waren, stellte sie mir und meinen Kindern einen Schlafplatz in ihrem Haus für diese Nacht zur Verfügung.

Ihre großen Söhne hatten für uns Platz gemacht und schliefen draußen.

Bevor ich mich zum Schlafen hinlegte, erklärte ich der Frau meine Situation. Ich hatte das Gefühl, dass sie mich verstanden hatte.

Sie sagte mir, dass wir nicht ganz verkehrt gegangen waren. Einer ihrer Söhne würde uns helfen, den richtigen Weg zu finden. Er würde uns die Richtung zeigen können, die zu unserem Ziel führen würde.

Früh am nächsten Morgen wurden meine Kinder und ich von dem Jungen geweckt.

Wir machten uns bereit, unsere Reise fortzusetzen.

Ich verabschiedete mich von der Frau des Hauses, die bereits mit Hausarbeiten beschäftigt war.

Ich dankte ihr für alles, was sie für uns getan hatte.

Sie sagte mir, ich sollte gut auf meine Kinder aufpassen und jetzt ihrem Sohn folgen, weil er die Gegend und die Wege besser kannte, als ich.

Wir machten uns auf den Weg, ihr Sohn, meine Kinder und ich.

Er begleitete uns fast bis zum Mittag. Wir waren jetzt in der Gegend angekommen, in der das Dorf und das Haus meiner Mutter lagen.

Ich versicherte ihm, dass ich die von ihm vorgeschlagene Route verstanden hatte und ihr folgen würde.

Ich dankte ihm für seine Hilfe, er verließ uns und machte sich auf den Heimweg.

Wir setzten unsere Reise fort. Wir folgten der Straße, die der Junge uns gezeigt hatte und bald kam mir die Gegend bekannt vor.

Nach vielen Stunden Laufen, kamen wir noch vor Einbruch der Dunkelheit beim Haus meiner Mutter an.

Es war eine große Erleichterung für uns alle, als wir endlich vor der Tür standen.

Meine Mutter war alleine im Haus als wir ankamen.

Ich ließ mich draußen auf den Boden plumpsen. Tränen liefen mir über mein Gesicht, ich konnte sie nicht stoppen.

Die Kinder liefen ins Haus, voller Freude, ihre Großmutter zu sehen.

Meine Mutter kam vor die Tür und sah mich weinend auf dem Boden sitzen.
Sie nahm mich in die Arme und drückte mich lange und fest an sich.

Sie stellte keine Fragen, sie fühlte, dass da etwas Schlimmes passiert war.
Sie ließ mich etwas zur Ruhe kommen.
Dann half sie mir beim Aufstehen und führte mich ins Haus.

Wo ist ein Ausweg?

Nachdem ich mich ein wenig ausgeruht hatte, berichtete ich meiner Mutter alles, was nach meiner Rückkehr in meinem Haus passiert war.

Was ich mit Saids Mutter hatte erleben müssen und was sie jetzt mit meinen Mädchen machen wollte.

Meine Mutter hörte mir zu, ohne Fragen zu stellen und ohne eigene Kommentare zu geben.
Als ich alles erzählt hatte, sah sie mich lange an, ohne etwas zu sagen.

Viele Minuten vergingen und sie schaute mich nur wortlos an.

Schließlich sah sie mir ganz intensiv in meine Augen. Ich konnte ihren Blick regelrecht spüren.
Sie sagte zu mir: „ Bedenke, wenn Saids Familie entdeckt, dass du das Haus verlassen hast, werden sie nach dir und den Kindern suchen. Und der erste Ort, an dem sie suchen werden, wird hier bei mir sein.

Du musst morgen früh mein Haus verlassen. Hier würden sie dich sonst finden."

Das hatte ich nicht erwartet. Ich war erstmal geschockt, aber dann antwortete ich meiner Mutter: „ Wohin kann ich denn gehen? Ich kann nicht zu meinen Verwandten gehen, denn sie halten es für richtig, dass die Kinder zu ihrem Vater gehen müssten.

Ich werde aber meine Kinder niemals weggeben können. Wenn ich keine andere Wahl habe, muss ich wieder zurückgehen und alles akzeptieren, was Saids Mutter mit meinen Töchtern machen würde. Die grausamen Verstümmelungen und die Gefahren für beider Leben."

Meine Mutter sah meine Verzweiflung. Sie antwortete mir, wir müssten jetzt ganz sorgfältig nachdenken.

Ich versuchte es, ich wusste, dass es ganz schwierig war, aber ich wusste auch, dass ich eine Entscheidung treffen musste. Gedanken schossen mir durch den Kopf, schnell, ungeordnet, ziellos.

Nach kurzer Zeit schaute meine Mutter auf und sagte dann zu mir: „ Du weißt sehr gut, dass Said seinen Sohn Mohamed sehr liebt und er würde alles für ihn tun. Er wird dich deshalb überall suchen und dich auch finden, wenn du ihm seinen Sohn wegnimmst.

Du musst den kleinen Mohamed hier bei mir lassen und nur mit den Mädchen fliehen.
Wenn Said dann kommt, werde ich ihm seinen Sohn geben und ihn bitten, er solle dich offiziell verlassen und nicht mehr nach dir und den Mädchen suchen."

Ich schaute sie entsetzt an und antwortete spontan: „ Nein, niemals."

Meine Mutter sprach ruhig weiter: „ Du weißt, nicht nur Said, auch seine Mutter, beide lieben den kleinen Mohamed.
Die Großmutter würde sich gut um ihn kümmern, es würde ihm gut gehen. Das Leben bei Saids Eltern würde dem Kleinen gut gefallen.

Mach dir um ihn keine Sorgen, nimm die Mädchen und verschwinde von hier. Nimm alles Geld, das ich habe und verlasse morgen früh das Haus.
Die Chance, dass Said sich von mir überzeugen lässt, dich und die Mädchen gehen zu lassen und dafür seinen Sohn zu nehmen, ist groß.

Eine andere Möglichkeit zur Lösung der Probleme sehe ich für dich nicht. Ich glaube, dass ist deine einzige, realistische Chance."

Eine schwere Entscheidung

Nach langen Diskussionen und Debatten, begleitet von Trauer, Wut und vielen Tränen, hatte meine Mutter mich davon überzeugt, dass es besser für uns alle wäre, wenn ich meinen kleinen Sohn Mohamed bei ihr lassen würde.
Sie würde ihn dann an Said geben.
Es wäre auch besser für mich, wenn ich mir um ihn keine Sorgen mehr machen müsste. Er war doch noch recht klein und bestimmt auch noch nicht stark genug für eine lange Reise ins Ungewisse.

Da ich nicht wusste, wohin und wie lange wir fliehen mussten, wäre es für Mohamed gut, wenn er bei seinem Vater bleiben würde.

Bei seiner Großmutter hatte er nichts zu befürchten, denn er war ein Junge.
Und wenn mir und den Mädchen auf unserer Flucht etwas Schlimmes passieren würde und wir vielleicht sterben mussten, dann blieb zumindest er bei seiner Großmutter am Leben.

Ich nahm die Worte meiner Mutter auf und akzeptierte ihre Argumente.
Im Gegenzug versuchte ich meine Mutter davon zu überzeugen, mit uns wegzugehen.
Aber wenn sie mich dann fragte: „ Wohin?" konnte ich ihr keine Antwort geben.
Ich hatte keine genaue Ahnung davon, wohin mich mein Weg führen würde.
Für mich war das Wichtigste, dass wir zusammen bleiben würden.

Bestimmt hatte ich auch Angst, alleine mit meinen Mädchen in die unbekannte Welt hinaus zu gehen.

Aber meine Mutter weigerte sich.

Sie sagte, sie bliebe auch wegen all der Erinnerungen an ihre Kinder und an ihren Mann hier in ihrem Haus. Auch, wenn sie sehr oft alleine war.

Es fiel mir unendlich schwer, meine Mutter und meinen Sohn zu verlassen.

Ich wusste zwar, dass sich Said um unseren Sohn kümmern würde, aber es war trotzdem ganz, ganz schwer.

Und das Schwerste für mich war, dass ich beide, meine Mutter und meinen Sohn wahrscheinlich nie mehr wiedersehen würde.

Es zerriss mich fast.

Ich hatte in der Nacht ganz wenig geschlafen. Es war so hart und schwierig für mich. Ich konnte eigentlich nicht glauben, dass ich meinen kleinen Sohn verlassen würde.

Aber ich musste mich darauf vorbereiten, am nächsten Tag ganz früh mit meinen Töchtern wegzugehen.

Flucht

Ganz früh am nächsten Morgen, nach dem Segen meiner Mutter, verließen die Mädchen und ich das Haus.
Aber ein Teil von mir blieb im Hause meiner Mutter zurück.

Wohin ich gehen wollte, wusste ich nicht. Ich musste nur weg von hier, um nicht von Said gefunden zu werden.

Mit Tränen in den Augen verließ ich mein Elternhaus.
Ich ging vorwärts, ohne mich umzudrehen und nach hinten zu schauen.

Ohne zu wissen, was vor mir lag.
Mit meinen beiden Töchtern und einem Kind im Bauch lief ich immer weiter vorwärts.

Im Land herrschten Unruhe, Gewalt und Willkür. Es war Bürgerkrieg.

Ich kannte keinen sicheren Ort für uns.
Wahrscheinlich gab es auch keinen.

Es gab für mich nur einen Ausweg, ich musste Somalia verlassen.

Ich musste vor Said und seiner Familie fliehen.
Ich musste vor der Gesetz- und Rechtlosigkeit fliehen.
Ich musste das Land verlassen.

Danke

Rahima:
Ich möchte allen Menschen danken, die es möglich gemacht haben, dass dieses Buch das Licht der Welt erblickte.
Ich bedanke mich für die Unterstützung meines Mannes, meiner Geschwister und meiner Kinder, die auf indirekte Weise an diesem Buch mitgewirkt haben.
Ich möchte Carl danken, der mir den Mut zum Schreiben gab, ohne ihn wäre das Buch bloß eine Idee in meinem Kopf geblieben.

Carl:
Ich danke Rahima für ihre Offenheit, ihre Ausdauer und ihren Mut zu diesem gemeinsamen Werk. Vielen Dank auch für die Einblicke in eine, mir bis dahin unbekannte Kultur, die ich durch unsere Zusammenarbeit erhalten habe.

Wir:
Wir bedanken uns bei allen, die uns während der Schreibphase zur Seite gestanden haben.
Sei es durch emotionale Unterstützung, sei es dadurch, dass uns ausreichend Zeit eingeräumt wurde oder sei es ganz konkret durch Korrekturlesen (auch wenn es trotzdem sicherlich noch den einen oder anderen Fehler gibt, aber die deutsche Sprache ist eben sehr komplex und bringt auch Muttersprachler*innen manchmal ins Straucheln).

Unser besonderer Dank gilt dem AWO Jugendmigrationsdienst Bad Doberan LK Rostock West für die wohlwollende Begleitung.